rowohlt
BERLIN

Mit Illustrationen von Ulrike Haseloff

Der kleine Herr Tod hat einen waschechten Burnout. Grund sind die verdammten Hühner, die in sein Ressort fallen, denn wegen der Massentierhaltung leben und sterben immer mehr. Außerdem will seine große Liebe Lydia Lilith heiraten. Leider nicht ihn, sondern den Superschnösel Johnny Hypnos. Da hat der kleine Herr Tod die Faxen dicke und rastet voll aus. Damit er wieder zu sich kommt, schickt ihn sein Chef, der alte Herr Hades, in Urlaub, zum ersten Mal in hundertdreißig Jahren. Erst kommt der kleine Herr Tod mit der vielen Freizeit überhaupt nicht klar. Das ändert sich, als er den dreizehnjährigen Stephan trifft, den alle nur Bengel nennen. Der ist aus der Krebsklinik abgehauen, weil ihm da die Stimmung auf den Zeiger ging. Als die beiden entdecken, dass sie Fans derselben Death-Metal-Bands sind, gründen sie kurzerhand selbst eine. Von nun an gehen sie allen unerfreulichen Menschen mit höllischem Gegröle und Lärm gewaltig auf die Nerven. Sie besuchen Bengels Musiklehrer und den miesen Hühnerbaron Zuckmayer. Aber ihre Tour ist noch nicht zu Ende.

Ein komisches, ernstes und nachdenkliches Buch, das mit dunklem Charme und viel Humor zeigt, worauf es im Leben wirklich ankommt.

CHRISTIAN Y. SCHMIDT

Der kleine Herr Tod

Rowohlt · Berlin

Für Ellen, Holm und Karin

Originalausgabe
Veröffentlicht im Rowohlt · Berlin Verlag, April 2020

Covergestaltung Anzinger und Rasp, München
Coverabbildung Ulrike Haseloff
Satz aus der Quadraat
Gesamtherstellung CPI books GmbH, Leck, Germany
ISBN 978-3-7371-0078-6

MIX
Papier aus verantwortungsvollen Quellen
FSC® C083411

Das für dieses Buch verwendete Papier ist FSC®-zertifiziert.

KAPITEL 1

Eine etwas andere Firma

Für den kleinen Herrn Tod war in letzter Zeit alles ein bisschen viel gewesen. Das kam daher, dass er bei Hades, Thanatos, Hypnos & Co. für die Hühner zuständig war. Für Millionen Hühner. Nichts als Hühner. Jeden Tag in der Woche. Seit Jahren. Immer nur das Federvieh.

«Und dafür habe ich nun *Sterbologie* studiert und im Nebenfach noch *Death Metal*», dachte der kleine Herr Tod. Dass er mal in der Hühnerabteilung landen würde, hätte er damals an der Uni nicht gedacht. «Ja damals, an der Uni in Helheim», seufzte der kleine Herr Tod, «das war eine tolle Zeit.» Er hatte sich immer sehr angestrengt und zusätzlich zu den Pflichtveranstaltungen wie «Reibungsloses Abholen» und «Klassisches Sensenschwingen» weitere Seminare und Vorlesungen belegt: In Kritischer Thanatologie (noch beim alten Walter Sheol), Wurm- und Madenkunde, Sanftes Abholen oder, wissenschaftlich korrekt, Orthothanasie (bei Prof. Azrael, der Koryphäe im Bereich für sanfte *Lifts*), dazu historische Schierlingsbecherei und Höllenarchitektur. Nächtelang hatte er über den Büchern gesessen und die Unterschiede zwischen Death Metal, Death Core, Grindcore, Goregrind, Deathgrind und Dirty Cash Metal gebimst. Blastbeat-Abfolgen hatte er bis in die feinsten

Details hinein analysiert; obendrein hatte er praktisch alle Zombiefilme gesehen, die je gedreht worden waren, und zum Schluss hatte er sogar noch ein Semester Apokalyptik drangehängt.

Nun gut, schon damals war nicht alles nekro. Zu gerne wäre auch er mal ins «Blutbad» gegangen, die angesagteste Totentanz-Disco überhaupt. Praktisch jede zweite Nacht trieben sich hier Kommilitonen wie der coole Johnny Hypnos rum, die süße Lydia Lilith oder Rudi «Sahni» Schnitter, und tanzten sich beim Makabertanz die Seele aus dem eigentlich gar nicht so richtig vorhandenen Leib. Aber der kleine Herr Tod hatte halt keine einflussreichen Eltern, so wie Lydia, die Tochter von Roger Sammael und Lisbeth Lilith; oder Johnny, der natürlich den alten Hypnos zum Vater hatte. Also saß k. H. T. – «Kahatee», wie ihn seine Kumpels nannten; eigentlich hieß er auch noch Theodor, aber das wusste keiner – nachts über seinen Hausarbeiten und sehnte sich nach Lydia, in die er die ganze Studienzeit über heimlich verschossen war. Nicht einmal in den Semesterferien hatte der kleine Herr Tod Zeit, seiner Flamme den Hof zu machen. Während die meisten seiner Kommilitonen am Strand der Lethe rumfaulenzten und sich von der kalten Unterweltsonne bescheinen ließen, hatte er den Ferienjob in der apokalyptischen Hofreitschule. Hier striegelte der kleine Herr Tod die vielen fahlen Pferde und mistete die Ställe aus. Er brauchte einfach die Penunzen, das gute Pinkepinke bzw. die Unterweltdrachmen, damit er weiterstudieren konnte. «Puh», erinnerte sich der kleine Herr Tod. «Hatte das gestunken. Als ob Beelzebub selbst seinen Dreck hinterlassen hätte.»

Doch hatte sich die viele Mühe nicht gelohnt? Immerhin hatte er eine 6,66 für seine Diplomarbeit bekommen. Bestnote, summa cum morte.

«*Geh doch ins Licht!* – Wie man Trottel effektiv abholt», hatte das Thema gelautet, und der alte Azrael hatte die Arbeit über den schwarzen Klee gelobt: «Die ist wegweisend, mein lieber kleiner Tod. Der Abgang eines Trottels wird danach nicht mehr derselbe sein wie zuvor. Die ganze Unterwelt wird sich künftig an dieser Arbeit orientieren.» Dabei hatte er sehr streng in Richtung von Johnny Hypnos, Lydia und Rudi geguckt, die ihre Prüfungen nur mit Ach und Krach geschafft hatten.

Damals dachte der kleine Herr Tod, er sei jetzt wer weiß wer. «Was hatte ich für Flausen im Kopf gehabt, als ich zum ersten Mal vor dem großen Verwaltungshochhaus von Hades, Hypnos und Co. stand», schoss es ihm durch den Kopf. «Flausen so groß wie die Beckenknochen von Echsenbeckensauriern.» Der Turm war mit einem Mal aus wabernden Nebelschwaden aufgetaucht, genau da, wo sich Tag und Nacht begegnen, und der kleine Herr Tod war stehengeblieben und hatte zwei Tage lang ehrfürchtig die Fackeln an der Fassade gezählt. Es waren genau sechstausendsechshundertsechsundsechzig. Hocherhobenen Hauptes war er dann am alten Aiakos im Foyer vorbeimarschiert und hatte dessen knurrenden Kampfhund überhaupt nicht beachtet. Beim Einstellungsgespräch hatte ihm der alte – wenn man es recht betrachtete eigentlich schon richtig *antike* – Herr Hades die schönsten Hoffnungen gemacht. «Ein prächtiges Abschlusszeugnis haben wir da. Sie sind ja super qualifiziert.» Das hatte große Karrierehoffnungen in ihm geschürt. Und natürlich war der kleine Herr Tod dann erst einmal etwas geknickt gewesen, als er hörte, dass er die Hühner machen sollte. Aber der alte

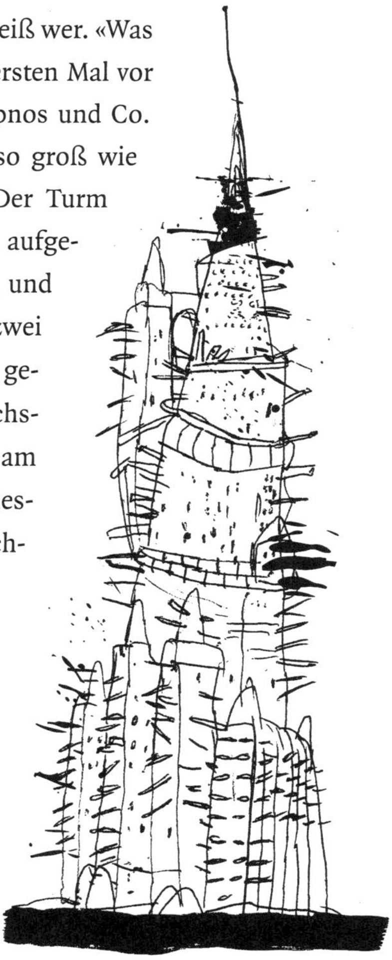

Hades hatte gesagt: «Wissen Sie denn nicht, wie wichtig das Huhn in der Kulturgeschichte ist? Sokrates zum Beispiel, dieser superschlaue Grieche, hat noch in seinem allerletzten Satz seinen Freund Kriton dran erinnert, dass er dem Gott der Heilkunst, Asklepios, unbedingt einen Hahn opfern muss. Viel wurde über diesen mysteriösen letzten Satz gerätselt. Recht sicher ist, dass Sokrates das Federvieh aus Dankbarkeit opfern lassen wollte, und zwar dafür, dass er an seinem Ende von uns, den großen und den kleinen Toden, von einer richtig schlimmen Krankheit geheilt wurde.»

«Echt?», hatte der kleine Herr Tod da gefragt. «Und was war das für eine Krankheit, die Sokrates hatte?»

«Na, das finden Sie mal schön selber raus», hatte der alte Hades geantwortet. «Dafür eignen sich die Hühner ziemlich gut. Und wenn Sie es rausgekriegt haben, dann sehe ich für Sie bombastische Aufstiegschancen.»

Wie lange war das her? Zehn Jahre? Oder nicht eher schon fünfzehn? In dieser Zeit hatten es viele seiner Kommilitonen längst geschafft: der immer so gut gelaunte Clemens Coffin zum Beispiel. Der hatte mit klitzekleinem Krill angefangen und sich über Quallen und anderes schleimige Zeugs zu Seelöwen hochgearbeitet. Sahni Schnitter war inzwischen für Elefanten zuständig und Rolf *Grins* Rieper sogar für Lemuren und Makaken. Selbst die große Feministin Susi Sargnagel hatte überraschenderweise Karriere gemacht. «Ich hole später nur die Machos und Mackertypen ab», hatte sie groß auf der Uni angekündigt, «dann können endlich die weiblichen Wesen die Erde übernehmen.» Das war natürlich mit dem alten Hades nicht zu machen. Jetzt liftete sie schon lange die schlauen Bonobos, natürlich auch die ohne Schwänzchen dran, auch wenn sie wohl die Weibchen immer ein bisschen länger leben ließ.

Den Totenvogel aber hatten natürlich Johnny Hypnos und Lydia Lilith abgeschossen. Sie durften schon lange Menschen machen – die Königsdisziplin. Sie bekamen zwar nicht die allerschlauesten, sondern nur Trottel wie Autorennfahrer, Bungee-Jumper und Talkshowmaster, aber gerade das war das Gemeine, fand der kleine Herr Tod. Das war doch sein Spezialgebiet: «Meine Diplomarbeit», murmelte er, «sie benutzen meine Diplomarbeit. Das ist so teuflisch ungerecht.» Und das war noch lange nicht das einzige Ungerechte. Denn während seine Ex-Kommilitonen immer weniger zu tun hatten, weil Lemuren, Elefanten und Autorennfahrer langsam ausstarben, musste der kleine Herr Tod immer mehr arbeiten. Über die Jahre hatte sich Hades, Thanatos, Hypnos & Co. nämlich erweitert, «im Zuge der Globalisierung», wie es hieß. Als Gesellschafter waren Herr Yama aus Indien dazugekommen und Dr. Osiris aus Ägypten, dessen Haut immer etwas grünlich schimmerte und der einen komischen Ziegenbart trug. Zwei kleine

Ewigkeiten später stieß dann auch noch der durchgedrehte Baron de Samedi aus Amerika dazu, den man allerdings nur samstags in der Firma sah. Aber egal, wer nun der Boss war: Für den kleinen Herrn Tod hieß Globalisierung, dass er zusätzlich zu Europa auch noch Afrika und Asien zu machen hatte. Nur für die Hühner in Amerika und Australien war Miguel Muerte aus Mexiko zuständig, genannt Miguel *pequeño*, was, wie man dem kleinen Herrn Tod erzählte, der *kleine* Miguel hieß.

Trotz der Aufteilung: Keiner in der ganzen Unterwelt machte sich doch eine Vorstellung davon, was für ein Abholpensum das für den kleinen Herrn Tod bedeutete. Allein in Deutschland hatte er jährlich sechshundertfünfzig Millionen Hühner zu liften, sechshundert Millionen Masthühner und fünfzig Millionen vergaste männliche Küken. Dazu kamen auch noch Phantastillionen Hühner aus Indien, China, der Walachei, dem Kongo, Madagaskar oder wie die Weltgegenden sonst so hießen. Der kleine Herr Tod wusste schon lange nicht mehr, wo ihm der Kopf stand. Er hatte noch nicht einmal Zeit, sich die Routen zu merken, auf denen er regelmäßig unterwegs war. Nur im Emsland, im Norden Deutschlands, da kannte er sich wirklich aus.

«Zuckmayers Heimat», dachte der kleine Herr Tod grimmig, und schon bei dem Gedanken an den Mann wurde ihm entsetzlich schlecht. Goetz Zuckmayer war nicht nur der größte Hühnerbaron aller Zeiten, ihm schien sein Beruf auch noch richtig Spaß zu machen. Die anderen Hühnerzüchter wollten nur Geld verdienen und ließen sich in ihren Fleischfabriken bloß blicken, wenn es wirklich notwendig war. Dieser Zuckmayer aber stand jeden Tag mit seiner grässlich stinkenden Pfeife in seinem Riesenstall, paffte gemütlich vor sich hin und starrte mit irrem Blick immer feste rein ins Elend, in zerrupfte, magere Vögel. «Wie die Hühner manchmal aussehen, die ich abhole», dachte der kleine Herr Tod. «Kein normaler Mensch kann

den Anblick länger als fünf Minuten aushalten. Aber dieser kaputte Typ hat offenbar noch Freude dran.»

Wenn der kleine Herr Tod doch wenigstens nur mit Liften beschäftigt wäre. Aber nein: Weil der Hühnerhimmel und die Hühnerhölle aus allen Nähten platzten, musste dauernd angebaut werden. Auch diese Bauarbeiten hatte der kleine Herr Tod zu überwachen. Er war verpflichtet, die Pläne der Unterweltarchitekten zu prüfen, genauso wie das Verhältnis, in dem Gift und Galle in den Zement zu mischen war. Hatte er das alles erledigt, waren noch ellenlange Tabellen auszufüllen und Berichte zu schreiben, für Herrn Markus Minos in der Verwaltung und seinen erbsenzählenden Bruder Ritchie Rhadamathys. Helfen tat ihm dabei keiner, nur ab und zu mal ein beschränkter Praktikant, wie der kleine Niu Tou aus China. Von einem «Sterben in Würde», von dem der alte Azrael während des Studiums so viel erzählt hatte, konnte so natürlich keine Rede sein. Wann sollte das denn passieren? Für die Abholung eines einzelnen Huhns stand dem kleinen Herrn Tod ja nur der Bruchteil einer Minimillisekunde zur Verfügung, wenn überhaupt.

Es war wirklich ein Wunder, wie der kleine Herr Tod das alles über die Jahre ohne einen höllischen Burnout ausgehalten hatte. Doch dann kam der Tag, an dem ihm Maggi Megäre erzählte, dass Lydia Lilith demnächst heiraten wollte: Johnny Hypnos, den arroganten Schnösel, wen denn sonst? Maggi arbeitete als Erinnye im Vorzimmer von Herrn Hades und wusste immer über den allerneuesten Unterweltklatsch Bescheid. Als sie ihm dann noch zum Beweis ein Selfie von Lydia und Johnny auf sein Hellphone weiterleitete, auf dem die beiden irgendwo am Strand der Lethe knutschten wie nichts Gutes, passierte es. Im Kopf vom kleinen Herrn Tod explodierte was.

Er sprang in seiner Box im sechsten Stock des Unterwelt-Towers vom

Stuhl auf und fing zu kreischen an, als hätte ihn einer auf einem Grill aufgespießt: «Ich habe die Faxen dicke. Die Hühner ... Die Hühner ... Die Hühner ... die haben ja fast noch nicht einmal eine Seele.»

Er schmiss den Rechner, an dem er gerade noch seine Tagesabrechnung gemacht hatte, auf den Boden, wo dieser mit einem tollen Knall implodierte. Dann hüpfte der kleine Herr Tod mit einem Satz auf seinen Schreibtisch, ging in die Hocke und fing an zu gackern: «Gack, gack, gack», gackerte der kleine Herr Tod immer wieder, «gack, gack und kikeriki!» Zwischendurch grabschte er sich auch was von seinem Schreibtisch – Locher, Lineal, Tesa-Roller – und beschmiss damit den einen oder anderen seiner sechshundertfünfundsechzig Kollegen, die mit ihm im Großraumbüro der Vogelabteilung wulackten.

Der kleine Herr Tod gackerte und randalierte so lange, bis die fetten Zerberusse vom Werkschutz kamen. Sie nahmen ihn in den Schwitzkasten und

brachten ihn direkt zum alten Hades. Der saß in seinem Büro hinter einem dicken Schreibtisch aus Trauerweidenholz und schüttelte nur den Kopf: «Hm. Kleiner Herr Tod, was machen Sie denn bloß für Sachen?»

«Ich, Sachen?», schrie der kleine Herr Tod, immer noch auf hundertachtzig. «Bombastische Aufstiegschancen hatten Sie mir versprochen. Aber ich mache immer noch die doofen gack, gack, gack ... die Hühner, meine ich. Ich habe den Schnabel gestrichen voll. Und auch die Schnauze.»

«Hm, aber haben Sie denn schon unser kleines Rätsel gelöst?»

«Welches Rätsel denn», fragte der kleine Herr Tod und konnte sich wirklich nicht erinnern.

«Wie die Krankheit heißt, hm?», antwortete der alte Hades.

«Nee, das nicht», gab der kleine Herr Tod zu und guckte bedröppelt zu Boden. Zum Glück war der alte Herr Hades nicht so. Das lag auch daran, dass er früher selber mal als kleiner Tod angefangen hatte. Das war noch im Goldenen Zeitalter des Sterbens gewesen, als man als Tod noch nicht Sterbologie etc. studieren musste. Da wurde einfach angefangen. *Learning by dying* nannte man das. Damals hatte der noch junge Hades zuerst die Schwanzlurche gemacht, prächtige Molche und herrliche Salamander. Aus dieser Zeit stammten die ausgestopften Exemplare, die in der Glasvitrine hinter Hades' Schreibtisch standen. Anschließend war der seinerzeit kleine Herr Hades in verschiedene Säugetierabteilungen versetzt worden, später dann zu den Menschen. «Ja, das waren wunderbare Zeiten damals», erzählte der alte Herr Hades gerne zu vorgerückter Stunde – und in der Unterwelt war ja nun eigentlich jede Stunde vorgerückt –, «da wurde noch solide gestorben. Da nahm man sich noch Zeit für einen stundenlangen Todeskampf.»

Nicht, dass es das heute nicht mehr gab. Aber inzwischen starben nur noch Filmstars und Staatsoberhäupter auf diese barocke, opulente Weise.

Kein Wunder, dass sich der alte Herr Hades inzwischen auf diese Klientel beschränkte. Kurt Cobain, Robin Williams und David Bowie, die hatte der alte Herr Hades in den letzten Jahren gemacht – jedes Mal sehr solide Arbeit, wie selbst die Neider zugestehen mussten. Bei solchen Lifts trug der alte Herr Hades immer noch den traditionellen schwarzen Umhang mit Kapuze. Absolut Old School und trotzdem unendlich cool. So wäre der kleine Herr Tod auch mal gerne aufgetreten. Aber das kam ja heutzutage gar nicht mehr in Frage, noch nicht einmal für ein stilvolles Outfit reichte es. Kleine Tode hatten Blaumann und Mütze zu tragen; das war Vorschrift, und wehe, einer hielt sich nicht daran.

«Hm», brummte der alte Herr Hades wieder. Er sagte wirklich gerne «hm» und kraulte dabei seinen langen, schön gelockten Bart. «Ich hab da eine Idee. Am besten machen Sie mal so richtig Urlaub, mit allem Pipapo. Die Hühner kann solange Bashir aus der Alien-Sektion übernehmen. Der hat seit Roswell fast nichts mehr zu tun und langweilt sich bald zum Leben.»

«Urlaub», fragte der kleine Herr Tod. «Was ist denn das?»

«Hm. Das lassen Sie sich mal von den Leuten aus dem zwölften Stock erklären. Da sitzen welche, die die Faultiere machen.»

«Okay.»

«Ja, hm», brummte der alte Herr Hades. «Dass ich da nicht gleich drauf gekommen bin. Im Urlaub kommen Sie sicher auch auf die Lösung unseres kleinen Rätsels.»

KAPITEL 2

Urlaub ohne Zuckerhut

Bei Madame Brigitte in der Faultierabteilung im zwölften Stock sah es wirklich lustig aus. Ganz offensichtlich hatte man nicht viel zu tun. Überall lief schwarzes Federvieh herum, und die blassen Töchter von Madame tanzten auf den Tischen einen heißen Soßentanz. Dass man so viel Leerlauf hatte, lag einerseits daran, dass die Faultiere nur in Mittel- und Südamerika vorkommen und zweitens sowieso die meisten vom Aussterben bedroht sind. Heutzutage gibt es nur noch Zwei- und Dreifinger-Faultiere. Die vier- und fünffingrigen sind schon längst den Weg alles Irdischen gegangen.

Madame Brigitte, die Leiterin der Abteilung, trug ein buntes Kleid, hatte die Beine auf den Schreibtisch gelegt und wunderte sich darüber, dass nun plötzlich der kleine Herr Tod aus dem sechsten Stock vor ihr stand und eine komische Frage stellte.

«So, so», antwortete sie sodann und nahm

dabei einen ordentlichen Schluck aus der Rumpulle. «Du weißt also nicht, wie Urlaub geht? Also, ich würde zum Beispiel verreisen.»

«Verreisen? Aber das tue ich doch jeden Tag. Ich fahre sogar bis nach China, um da Hühner abzuholen.»

«Das sind Dienstreisen. Im Urlaub verreist man zum Spaß.»

«Zum Spaß?», echote der kleine Herr Tod und fragte sich, was zur Hölle damit gemeint sein sollte.

«Genau. Aus Fun. Zum Pläsier. Aus Daffke.»

«Aber wohin denn, bitte?»

«Na, wie wäre es denn zum Beispiel mal mit Rio?»

«Wie, Rio? Rio Reiser? Dieser deutsche Sänger, den der alte Herr Hades mal vor langer Zeit gemacht hat, und der nicht mitkommen wollte? Er behauptete, er sei der König von Deutschland und als solcher unentbehrlich.»

«Du bist ja ne Marke», lachte Madame Brigitte und versprühte prustend einen großen Schluck Rum. «Quatsch mit Salsa, ich meine Rio de Janeiro in Brasilien natürlich. Für mich ist das die schönste Stadt der Oberwelt.»

Muss man dazu sagen, dass Madame Brigitte in dieser Frage nicht völlig neutral war? Sie stammte selbst aus Lateinamerika, aus Haiti oder der DomRep, das war nicht so sicher. Tod hatte sie auf einer Sambaschule gelernt und man munkelte außerdem, dass sie ein Techtelmechtel mit dem feurigen Baron de Samedi unterhielt, von dem man in der Chefetage nichts wissen durfte.

Aber das konnte dem kleinen Herrn Tod egal sein. Er hatte halbwegs verstanden, was Madame Brigitte meinte, bedankte sich für die nette Empfehlung und sah sich dann zur Sicherheit noch ein paar Clips über Rio auf Helltube an. Als er damit fertig war, stand sein Entschluss fest: Er würde den allerersten Urlaub seiner Totistenz in dieser Stadt verbringen. Und dafür hatte er genau fünf gute Gründe.

Grund Nummer eins war der Fakt, dass es in Rio einen ganzen Berg aus Zucker geben sollte, den sogenannten Zuckerhut. Da wollte der kleine Herr Tod mal reinbeißen und testen, wie süß er schmeckt. Grund Nummer zwei: der Regenwald mit den Piranhas. Fische, die einen Menschen, eine Kuh oder sogar einen Elefanten innerhalb von fünf Sekunden bis auf das Skelett abnagten. Das konnte der kleine Herr Tod kaum glauben und wollte es mit eigenen Augen sehen, denn diese Piranhas waren nicht so wahnsinnig groß, und Elefanten gab es in Südamerika schon mal gar nicht, außer vielleicht in Zoos.

Drittens: In Rio wurde eine Riesenparty gefeiert, die sich «Karneval» nannte. Auf Deutsch hieß das so was wie «Tschüss-Fleisch»-Party. «Das ist ja wie gemacht für mich als Knochenmann», dachte sich der kleine Herr Tod, auch wenn er keine Ahnung hatte, wie so ein Karneval ablief. Wurden da vielleicht die Piranhas eingesetzt?

Punkt Numero vier war die Copacabana, ein sogenannter Strand, so ähnlich wie der am Ufer der Lethe, nur viel breiter und größer. Da wollte der kleine Herr Tod gern mal seine bleichen Knochen in die Sonne halten, damit sie brauner wurden. Bräune galt als schön, hatte er gehört. Und vielleicht könnte ja ein schöner kleiner Herr Tod am Ende Lydia Lilith doch noch von ihrer Hochzeit mit diesem Idioten abhalten. Wusste man's?

Der letzte Grund war aber der wichtigste auf der ganzen Liste. «In Rio», freute sich der kleine Herr Tod, kennt mich keiner, denn der ganze Kontinent ist Miguels Revier. Da treffe ich endlich mal niemanden, mit dem ich beruflich zu tun habe.» Das war dem kleinen Herrn Tod sehr wichtig. «Schließlich bin ich ja wegen Fun unterwegs, zum Pläsier, und erst recht aus Daffke.»

Und dann ging's auch schon los. Der kleine Herr Tod packte seine Knochenbürste in den City-Rucksack, den er auch beim Liften trug, und dazu das Foto von Lydia Lilith, das auf seinem Schreibtisch gestanden hatte.

Dann war er marschbereit. Weil er den großen Unterwelt-Beamer im Keller von Hades, Thanatos, Hypnos & Co. nur beruflich nutzen durfte, flog er mit dem Flugzeug nach Rio. Weil er nicht so viel verdiente, dass er sich einen Platz in der zweiten oder gar ersten Klasse hätten leisten können, saß er nicht im Flugzeug drin, sondern stand einfach obendrauf. Passieren konnte ihm dabei ja nichts, schließlich kann ein Tod nicht sterben.

Am Flughafen von Rio staunte der kleine Herr Tod erst einmal Bauklötze, denn hier wartete bereits ein Mann auf ihn, den er allerdings gar nicht kannte. Er hieß Osvaldo Otto und war Taxifahrer.

«Wolle fahre in die Stadt?», fragte er den kleinen Herrn Tod. «Mache ich gutte Preiss.» Osvaldo Otto konnte Deutsch, weil seine Vorfahren vor tausend Jahren oder so aus Deutschland nach Brasilien ausgewandert waren. Und Deutsch ist ja, wie ein jeder weiß, auch eine der vier Amtssprachen in der Unterwelt, neben Teuflisch, Himmlisch und Latein.

«Ich will zum süßen Zuckerhut», sagte der kleine Herr Tod.

«Está bom», antwortete Osvaldo. «Zum Pão de Açúcar also.»

Der Zuckerhut machte keinen schlechten Eindruck, wie er da so fett und grün aus dem Meer herausragte. Irre, dass das wirklich alles Zucker sein sollte. Der kleine Herr Tod sprang aus dem Taxi und lief mit ausgebreiteten Armen auf den Berg zu, als wollte er ihn umarmen.

Fünf Minuten später kam er zurück, und hielt sich seinen Unterkiefer.

«Aua, aua, aua. Betrug, Betrug. Der Zuckerhut ist ja gar nicht aus Zucker.» Der kleine Herr Tod hatte voll in einen dicken Felsbrocken reingebissen. «Schwamm drüber», sagte der kleine Herr Tod, denn Kummer war er ja gewohnt, «dann also weiter zu den Piranhas.»

Osvaldo Otto musste grinsen.

«Haben wir keine Piranhas in Rio, bittesährr. Haben noch nichte einmal Fluss in Rio.»

«Keinen Fluss?», der kleine Herr Tod regte sich auf. «Mann, erzählen Sie mir nichts vom abgenagten Pferd! Rio de Janeiro – das heißt Januarfluss. Das weiß jeder, der mal auf Helltube war.»

«Rio isse sich falscher Irrtum. Weißtu, vor fünfhundert Jahre entdeckte alter Portugiese unsere wunderschöne Bucht. Dachte, Bucht sei eine große Rio, äh, Flusse. Und schon war falsche Name da. Und jezze heisse Stadt halte Rio. Isse auch schöne Name, finde ich.»

«Papperlapapp», der kleine Herr Tod wurde wirklich fuchtig. «Das weiß ich nun wirklich besser. Überall in Brasilien gibt es Regenwald, weil es so viel regnet. Und im Regenwald sind Flüsse mit Millionen von Piranhas. Rio Negro zum Beispiel, Rio Xingu, oder dieser riesig lange Bücherfluss, der Amazonas heißt, wegen dieser Buchhandlung im Internet.»

Osvaldo Otto konnte sich mal gerade noch das Lachen verkneifen.

«Du wolle in Räggenwald? Wieso sagen das nicht gleich? In Rio wir haben größte Stadtdschungel von der Wällt. Mitten in Stadt. Heißt: Floresta da Tijuca. Ist rund um buckelige Berg.»

«Na also. Wer sagt's denn», sagte der kleine Herr Tod.

«Gibt sich viele Tiere da. Und ganz oben auf Spitze stähn riesige ...»

«Mir egal. Mich interessieren nur die Piranhas. Drücken Sie mal aufs Gaspedal. Aber ein bisschen pronto.»

Osvaldo Otto tat wie geheißen und wäre auch ruckzuck am Haupteingang zum Regenwald gewesen, wenn der kleine Herr Tod nicht auf der Fahrt einen Supermarkt erblickt hätte.

«Bitte anhalten. Bin gleich wieder da», rief er.

Als der kleine Herr Tod dann wiederkam, hielt er eine Papiertüte in der Hand, sagte aber nicht, was drin war. Osvaldo Otto drückte wieder auf die Tube, und kurze Zeit später stand der kleine Herr Tod schon mitten in einem echten Dschungel.

Mann, war das super hier. Was es da für Pflanzen und für Tiere gab. Lustige Nasenbären, extrem relaxte Faultiere – aha, deshalb kannte sich Madame Brigitte so gut in Rio aus – und völlig verrückte Puschelaffen. Dazu flatterten bunte Schmetterlinge durch die Luft, die so groß wie menschliche Beckenknochen waren. Und überall kreischten Vögel: Tukane, Milane, Eulen, Rabengeier, Sittiche und Papageien. So was hatte der kleine Herr Tod auf seinen Dienstreisen noch nicht gesehen. Es gab auch viele Wasserfälle, die wie seidene Vorhänge über die Felsen fielen, große, kleine, mittlere Wasserfälle. Der Cachoera das Almas, der Wasserfall der Seelen, war der schönste. Das Wasser stürzte in einen Teich, der sich wiederum in einen Bach, fast schon ein kleiner Fluss, ergoss.

«Ha, ha», hahate der kleine Herr Tod triumphierend, «von wegen: In Rio gibt es keinen Fluss.»

Schnell zog er die Supermarkttüte aus dem Rucksack, griff hinein und hatte plötzlich eine gute Portion Hackfleisch in der Hand. Das feuerte er ins Wasser. Und nun wartete er, was passieren würde. Er starrte hin und sah doch nichts anderes als eine schöne Portion Hackepeter, die im glasklaren Wasser versank. Als sie unten auf dem Grund des Flüsschens angekommen war, platzte es aus dem kleinen Herrn Tod heraus: «Unverschämtheit. Schon wieder ein Betrug. Wo bleiben die verdammten Piranhas?»

Er kreischte so laut, dass er gar nicht bemerkte, wie ein großer blauer Papagei herangeflattert kam und ihn neugierig beäugte. Dann plötzlich flog der Vogel wieder auf und begann nun seinerseits laut zu kreischen: «Alarm, Alarm. SOS! SOS! Der Hühnermörder ist da! Kommt alle und verjagt ihn.»

«Was ist denn jetzt kaputt?», dachte der kleine Herr Tod. Da bemerkte er, dass sich immer mehr Tiere um ihn herum versammelten. Jetzt sahen die lustigen Nasenbären plötzlich gar nicht mehr so lustig aus, die Faultiere nicht mehr so relaxt und die verrückten Puschelaffen auch nicht mehr so puschelig.

«Aber, aber», rief da der kleine Herr Tod verzweifelt, «ich bringe die Hühner doch gar nicht um. Ich hole sie nur ab, so wie ein Schulbusfahrer die Schulkinder. Außerdem ist in Brasilien der kleine Miguel für die Hühner hier zuständig. Capito? MIGUEL PEQUEÑO!!!»

Es nützte alles nichts. Die Dschungeltiere guckten noch böser und kamen immer näher. Erst wollte sich der kleine Herr Tod noch wehren. Er kannte ein paar Karate-Tricks, die er damals in Helheim auf der Uni gelernt hatte. Doch dann sah er eine riesige weiße Gestalt im Himmel, sie leuchtete zwischen den Dschungelbäumen hindurch. Kein Zweifel, es war ein gigantisches Huhn! Es hatte seine Flügel weit ausgebreitet und flatterte wild und bedrohlich. Es war zwar noch ein Stück weit weg, aber der kleine Herr Tod bekam richtig Muffe. Er nahm die kleinen, knöchrigen Beine in die Hand und gab Fersengeld.

Osvaldo Otto stand vor seinem Taxi und rauchte gemütlich eine Zigarre, als der kleine Herr Tod angewetzt kam.

«Los, los, guter Mann», schrie der kleine Herr Tod und sprang in den Wagen, «geben Sie Gummi. Es geht um das Leben des Tods.»

Osvaldo schmiss sich hinters Steuer und fuhr mit quietschenden Reifen an. Erst als sie in sicherer Entfernung waren, hatte sich der kleine Herr Tod beruhigt. Jetzt konnte er von dem bleichen Riesenhuhn erzählen. Erst musste Osvaldo grinsen, dann bekam er einen Lachkrampf.

«Was ist daran denn so komisch?», fragte der kleine Herr Tod empört.

«Das ware gar keine *frango*, ich meine, Chuhn. Das ware Cristo Redentor, was du gesehen haben. Heißt: Christus, der Erlöser. Isse eine gigantische Statue oben auf buckelige Berg. Dreißig Metär hoch, achtundzwanzig Metär haben ausgebreitete Arme. Von wegen Flügel. Wollte ich dir erzählen von Statue, aber du nicht hören wolle ...»

«Echt», staunte der kleine Herr Tod, «das war dieser berühmte Christus, von dem man immer so viel hört? Ich dachte, der sitzt den lieben lan-

gen Tag im Menschenhimmel auf seinem Thron und lässt den lieben Gott einen guten Mann sein?»

Der kleine Herr Tod guckte auf seine To-do-Liste und sagte:

«Okay, streichen wir die Piranhas. Dann fahren wir halt zum Karneval.»

Jetzt musste Osvaldo so doll lachen, dass sein Taxi ins Schleudern geriet und er fast vor eine Palme fuhr.

«Karneval?», prustete er. «Guck mal die Uhr.»

«Uhr? Wir Tode wissen aus dem Kopf, was die Stunde geschlagen hat, auf die Millisekunde. Nur der alte Herr Hades hat eine Uhr. Sie ist aus Glas, und Sand rieselt drin, sie ist eigentlich nur zu Showzwecken da.»

«Sorry, *desculpa*, meine ich nixe Uhr. *Calendário*. Wir haben Dezembro.»

«Ja, und?»

«Wie, ja und? Karneval isse nur im Fevereiro oder Märze. Nie im Dezembro.»

«Wieso hat mir das denn keiner gesagt?», brüllte der kleine Herr Tod Osvaldo an, doch dieses Mal klang sein Schreien schon ein bisschen verzweifelter.

«Äh, vielleicht weil das alle wissen auf Wällt?», fragte Osvaldo.

«Ich bin aber aus der Unterwelt», kam leise gemurmelt die Antwort.

Langsam reichte es dem kleinen Herrn Tod.

«Ich glaube», sagte er, «ich bin nicht so der Urlaubstyp.»

Osvaldo schüttelte den Kopf.

«Absurdo. Dir fehlen einfach – wie sagt man? – richtigä Einställung. Musse mal ein bissi relaxen.»

Relaxen? Hatte davon Madame Brigitte nicht auch gesprochen?

«Würde ich ja gerne. Aber ich weiß nicht, wie das geht.»

«Fahre ich dich zu Copacabana. Legst du dir in Sonne. Trinkst eine schöne Cocktail. Guckst du hübsche Frauen. Dann du wissen schon.»

«Richtig», dachte der kleine Herr Tod, «die Copacabana steht ja auch noch auf meiner Liste.»

«Na gut», sagte er. «Zur Copacabana. Aber wenn das mit dem Relaxen nicht klappt, dann explodier ich!»

«Está bom», freute sich Osvaldo. «Copacabana is sich beste Strand von Wällt. Vier Kilometer lang und heißen so, weil mal eine Frau ihre *copa* in eine *cabana* vergessen hat, also Tasse in Umkleidekabine.»

An der Copacabana angekommen, stiefelte der kleine Herr Tod auch gleich entschlossen Richtung Wasser. Ein junger Mann kam auf ihn zu:

«Möchten Sie einen Stuhl und einen Sonnenschirm mieten?», fragte er.

«Na, das gehört wohl hier dazu», dachte der kleine Herr Tod. Er bezahlte zwanzig Real und ließ sich den Sonnenschirm aufklappen. Dann wollte er seinen Blaumann ausziehen. Als er aber den ersten Knopf der Latzhose gelöst hatte, hörte er mit einem Mal ein vertrautes Lachen. «Das kann nicht sein, das gibt es nicht», dachte der kleine Herr Tod, «das habe ich mir eingebildet.» Doch dann erklang das Lachen noch einmal. Er drehte sich um und sah in nur fünfzig Meter Entfernung ein junges Knochenpärchen, das herumgurrte und turtelte wie nichts Gutes. Es waren Johnny Hypnos und Lydia Lilith. Irrtum ausgeschlossen. Der kleine Herr Tod stand einen Augenblick da wie vom Donner gerührt. Er schaffte es einfach nicht, sich vom Bild der beiden Turteltauben loszureißen, obwohl ihm alle Knochen brannten. Wollten die ihn fertigmachen? Als er wieder zu sich kam, knöpfte er den Knopf an

seiner Latzhose zu und rannte, so schnell es sein schwaches Skelett zuließ, zurück zur Straße. Zum Glück hatte Osvaldo Otto auch dieses Mal gewartet.

«Ich schon denken, dass du nicht kannst relaxen. Bisse wirklich nicht der Typ. Wohinne jetzt?»

«Zum Flughafen», stieß der kleine Herr Tod hervor. «Ich bin fertig mit diesem Teil der Welt. Für den Rest der Ewigkeit.»

Auf dem Weg zum Flughafen blies der kleine Herr Tod mal wieder so viel Trübsal, dass man sich hätte reinsetzen können. Wie vergnügt Lydia bloß mit diesem Schnösel gewesen war. Und überhaupt. Wie waren die beiden bloß hierher an diesen Strand gekommen? Ach, das spielte eigentlich alles keine Rolle mehr – dieses Rio war einfach nicht der richtige Ort für ihn.

Traurig guckte der kleine Herr Tod aus dem Fenster und sah die grauen Hochhäuser vorbeiziehen. Doch dann entdeckte er auf einmal etwas, das von einem Moment auf den anderen seine Stimmung umschlagen ließ.

«Zufälle gibt's, die gibt's gar nicht», schrie er so laut, dass Osvaldo Otto dachte, er fahre eine Heulboje spazieren, die ein böser Dschinn verstimmt hatte.

«Wasse nu schon wieder?», fragte Osvaldo. Langsam ging ihm dieser kleine Typ im Blaumann auf die Nerven.

«Da, da», stotterte der kleine Herr Tod und zeigte aufgeregt auf eine Plakatwand neben der Autobahn. Auf der stand in feuriger Flammenschrift SEPULTURA, der Name seiner Lieblings-Death-Metal-Band. Alle Platten hatte er von denen, und die großen Hits wie «Troops of Doom», «Dead Embryonic Cells» oder «Roots Bloody Roots» konnte er aus dem Effeff mitgrowlen.

Unter dem Namen der Band stand *Cidade do Rock* und ganz fett *Hoje*. «Das heißen *Stadt von Rock* und *Heute*», erklärte Osvaldo.

«Und wo ist die Stadt des Rocks?»

«Exatamente andere Richtung.»

«Dann umdrehen, sofort umdrehen», befahl der kleine Herr Tod. Und während Osvaldo die nächste Ausfahrt nahm und wendete, kurbelte der Kleine das Seitenfenster runter und schrie aus vollem Hals: «Rio, du faule Tomate – ich gebe dir noch eine letzte Chance. Nutze sie!»

Als der kleine Herr Tod eine knappe Stunde später vor den Toren der Cidade do Rock stand, ging die Sonne gerade unter. Das tut sie so nah am Äquator sehr schnell. Er wetzte in einem Affenzahn zum Eingang, pfefferte der Kassiererin seine letzten Real auf den Teller und stand gleich danach mitten in einer Open-Air-Arena, wie er sie noch nie gesehen hatte. Vielleicht zehntausend Leute hatten sich in einem Mega-Halbkreis um die Bühne gruppiert; schön tätowierte Death-Metal-Heads allererster Kajüte, die sich von allen Seiten von Riesenboxen volldröhnen ließen. Das Konzert hatte nämlich schon begonnen. Gerade fing ein neues Stück an: «Kairos». Auf der Bühne hopste Derrick Green auf und ab und growlte die ersten Verse in die Menge:

«I have never lost sight of my fate,
Many tried to block my way,
But persistence kept me going on.»

Wie nekro ist das denn, dachte der kleine Herr Tod, und dabei hüpfte ihm sein kleines Steinherz im Leibe. «Kairos» war sein allerliebstes Lieblingsstück von Sepultura. An der Uni hatte er es bis zur Verblödung gehört; es war wirklich immer ein großer Trost gewesen, vor allem, wenn Lydia ihm mal wieder eine Abfuhr erteilt hatte.

Der kleine Herr Tod schüttelte seinen hohlen Totenschädel im Takt und machte mit der rechten Faust die zwei Hörner. Zehntausend Menschen neben, vor und hinter ihm taten es ihm gleich. Und als die beste Stelle des Stücks kam, reckten alle zur gleichen Zeit ihre Arme in den Himmel und growlten wie aus einer Kehle: «Kairos!» Das klang so unglaublich düster und schaurig, dass es unseren kleinen Herrn Tod heiß und kalt durchfuhr. «Endlich, endlich», dachte er, «endlich weiß ich, wie Urlaub geht, und wie relaxen.» Doch unser Freund und Kupferstecher hatte sich einmal mehr zu früh gefreut. Beim nächsten Stück war es nämlich mit seinem Glück schon wieder Essig. Es war «Spectrum», und anfangs schien alles in Butter. Beim Intro droschen zwölf halbnackte, schwitzende Männer mit dicken Prügeln auf Ölfässer ein. Das war super und wunderbar brutal, genauso wie der Anfang von Derrick Greens Gesang:

«Through these eyes we shook the world.
Through these eyes we fought the world.»

Als er aber die Worte «no fear at all» sang, fing eine Frau, die eben noch lustig geheadbangt hatte, an zu kreischen. Sie schrillte so laut, dass sie selbst Derrick Green auf der Bühne übertönte, und das hatte noch nie ein Mensch geschafft. Dabei zeigte sie mit ihren nackten zwei Fingern auf den kleinen Herrn Tod. Der bekam erst gar nicht mit, was Phase war, so schrebbelig und quietschig klang die Frau. Doch als sie ihren Aufschrei ein paar Mal wiederholt hatte, verstand er jedes Wort: «Help. *Socorro*! Hilfe! Der Hühnermörder ist unter uns!»

«*Oh no*, du dumme Pute», dachte der kleine Herr Tod. «Geht das denn schon wieder los?»

Im selben Moment verstummte die Band, und was dann passierte, war der schlimmste Moment in der ganzen Totistenz des kleinen Herrn Tod. Derrick Green, der Mann, den er verehrte wie nichts auf der Welt, machte auf der Bühne die Ziegenhörner und richtete sie auf ihn. Dann growlte Derrick mit der allertiefsten aller Teufelsstimmen ins Mikro: «Der Hühnerkiller, Leute! Alle raus hier! Rennt um euer Leben!» Sofort brach in der Cidade do Rock die Apokalypse aus. Die Leute stürzten panisch zu den Ausgängen. Alle kreischten, johlten, schrien. «Hühnermörder! Hühnermörder! Hühnermörder!» Auch Derrick Green und seine Band sahen zu, dass sie Land gewannen.

Der kleine Herr Tod stand wie angewurzelt da und konnte es nicht fassen. «Das wollen echte Death Metal Heads sein?», dachte er. «Diese Typen sind ja so weich wie Kartoffelsalat mit Sahne.»

Kaum zwanzig Minuten später hatten wirklich alle die Biege gemacht, und der kleine Herr Tod stand ganz allein in der riesigen Arena. Nur ein klitzekleiner Hund wuselte noch herum. Offenbar hatte er sein Frauchen oder Herrchen verloren, so traurig schaute und schnüffelte er sich nach allen Seiten um. Der kleine Herr Tod nahm ihn auf den Arm: «Na, du. Glaubst du nicht auch, dass es das jetzt war? Für mich jedenfalls ist Rio aber nun wirklich endgültig gestorben. Und die Knalltüten von Sepultura auch. Für die gesamte Ewigkeit.» Der Hund guckte den kleinen Herrn Tod mit großen Augen an. Und nickte niedlich.

KAPITEL 3

Ein Junge namens Bengel

Nach der Pleite mit dem Urlaub flog der kleine Herr Tod nach Deutschland. Eigentlich wäre er zu gerne gleich wieder in die Unterwelt zurückgekehrt, aber das ging nun gar nicht. Zum Abschied hatte der alte Herr Hades ja zu ihm gesagt: «Kommen Sie bloß nicht wieder, bevor Sie nicht das Rätsel gelöst haben.» Und der kleine Herr Tod hatte immer noch keinen Schimmer, wie diese komische Krankheit hieß, nach der der Chef gefragt hatte. Deutschland war natürlich nicht ganz so prickelnd wie Brasilien. Aber dort kannte sich der kleine Herr Tod wenigstens aus, weil er ja aus dieser Ecke der Welt auch die meisten Hühner holte. Außerdem sprach man Deutsch, so wie in der Unterwelt ja auch.

Der kleine Herr Tod landete in Frankfurt am Main. Puh, ausgerechnet in der hässlichsten Stadt von Deutschland. Aber das Hässliche hat ja auch etwas Verlässliches, wie ein Frankfurter Dichter einmal sehr richtig geschrieben hatte. Und das Verlässliche hier tat dem kleinen Herrn Tod gut. Einen Plan hatte er trotzdem nicht. Doch als er in die Stadt gefahren war, entdeckte er im Bahnhofsviertel eine Burgerbraterei.

«Ich könnte ja mal was essen», dachte er. Als Tod hatte er zwar wegen der fehlenden Verdauung keinen wirklichen Hunger, aber manchmal, wenn er etwas Leckeres sah, doch einen recht ordentlichen Appetit.

Er wollte gerade den Burgerschuppen betreten, da quietschte etwas. «Seltsam. Was quietscht denn da so komisch?», dachte der kleine Herr Tod und bemerkte, dass die Töne aus seinem Brustkorb kamen. Huch, wie ging denn das? Der kleine Herr Tod guckte an sich runter, und da lugte aus der Tasche seines Overalls ein klitzekleiner Kopf heraus. Er gehörte dem klitzekleinen Hund, den der kleine Herr Tod in Rio getroffen hatte.

«Ach du grüne Neune», sagte der kleine Herr Tod. «Wie bist du denn da reingekommen?»

Der klitzekleine Hund quietschte und fiepte nur zur Antwort. Und guckte den kleinen Herrn Tod mit verhältnismäßig großen Augen an.

«Alle Höllenhunde, bist du niedlich», sagte der kleine Herr Tod, «aber was mache ich denn jetzt mit dir?»

Der kleine Hund legte sein kleines Köpfchen schief.

«Na gut», sagte der kleine Herr Tod. «Ich behalte dich erst einmal. Aber du brauchst einen Namen, damit ich dich rufen kann.»

Er betrachtete den kleinen Hund genauer. Er hatte spitze Ohren und ein ganz glattes, gelbbraunes Fell.

«Ha, ich hab's», rief der kleine Herr Tod. «Ich werde dich Zottel nennen.»

Der klitzekleine Hund guckte fragend.

«Ja, weil du überhaupt keine zotteligen Haare hast. Das ist doch lustig, stimmt's?»

Zottel quietschte vergnügt zur Antwort, und damit war es abgemacht.

«Versteck dich aber erst mal wieder in der Tasche, sonst kommen wir da nicht rein», befahl der kleine Herr Tod. Zottel tat wie geheißen, und dann betrat sein neues Herrchen die Burgerbraterei.

«Einmal zerhacktes totes Rind in einem alten labbrigen Brötchen, bitte», bestellte er. «Dazu eine Neuner-Box tote Hühnerstückchen, eine große Pommes, eine Maxi-Jumbo-Cola und extra viel Ketchup, Curry- und Barbecuesoße.»

Eigentlich konnte der kleine Herr Tod Burgerbratereien nicht ausstehen, weil er hier immer an seine Arbeit erinnert wurde. Aber hatte Madame Brigitte nicht gesagt, dass man im Urlaub auch mal fünfe gerade sein lassen müsse? Ja, genau, das hatte sie, und weil der kleine Herr Tod nun mal einen Riesenappetit hatte, zog er das jetzt durch.

Das war allerdings leichter gesagt als getan, denn als er sein Essen bekommen hatte und sich mit seinem megaschweren Tablett hinsetzen wollte, gab es im ganzen vermaledeiten Burgerschuppen keinen freien Platz mehr. Nur weit hinten bei den Toiletten stand ein Zweiertisch, an dem noch ein Stuhl frei war. Auf dem anderen saß ein kleiner Junge. Er trug riesige Kopfhörer, hatte keine Haare auf dem Kopf und mampfte Pommes.

«Hallo. Kann ich mich zu dir setzen?», fragte der kleine Herr Tod. Weil der Junge die fetten Ohrenschmeichler aufhatte, konnte er ihn nicht hören und nahm ihn auch gar nicht wahr, so sehr war er in seine Pommes vertieft. Also setzte sich der kleine Herr Tod eben einfach so hin und fing an zu futtern.

Je länger sich aber der kleine Herr Tod das Essen in die Futterluke schob, desto merkwürdiger fand er seinen Gegenüber. «Wieso», fragte er sich, «hat der Junge eigentlich keine Haare?» Das war mindestens ein so großes Rätsel wie die kniffligen Fragen von Frau Sibylle, die sonntags immer in

der «Malstrom» standen. Nicht mal die kürzesten Stoppeln waren auf dem Kopf des Jungen zu sehen. Der kleine Herr Tod überlegte, wie er das rauskriegen konnte. Er zerbrach sich minutenlang seine hohle Birne, dann hatte er es. Er begann, mit beiden Händen am Tisch zu rütteln. Gleichzeitig machte er seinen klapprigen Kiefer auf und zu und schnitt komische Grimassen. Tatsächlich klappte der plumpe Trick. Weil die Mayo auf seinen Pommes so doll wackelte, guckte der Junge endlich einmal hoch. Und als er sah, wie der kleine Herr Tod den Mund aufriss und schloss, dachte er, sein Gegenüber hätte was ganz Wichtiges zu sagen. Vielleicht war ja ein Erdbeben ausgebrochen oder die Rinderzitterpest? Der Junge riss sich die Kopfhörer runter. Kaum hatte er das getan, streckte ihm der kleine Herr Tod seine Hand entgegen. «Ich bin der kleine Herr Tod. Und wer bist du?»

Der Junge starrte den kleinen Herrn Tod böse an und tat so, als sei die Hand gar nicht vorhanden: «Sag mal, geht's noch, Alter? Du setzt dich aber mal ganz flott woanders hin.»

Menno, schon wieder einer, der nichts mit ihm zu tun haben wollte. «Okay, okay», sagte der kleine Herr Tod abgenervt, «von mir aus. Aber nur, wenn du mir vorher sagst, warum du keine Haare hast.»

«Das weißt du ganz genau», schrie der Junge wütend und wäre fast mit seinen kleinen Fäusten auf ihn losgegangen.

«Weiß ich gar nicht», sagte der kleine Herr Tod.

«Weißt du doch», schrie der Junge so laut, dass alle sich in der Burgerbraterei umguckten. «Du bist doch der Tod und willst mich jetzt holen. Du glaubst, du bist wer weiß wer. Dabei bist du nur ein böser Zwerg.»

Weil aber der kleine Herr Tod es immer noch nicht zu kapieren schien, erzählte ihm der Junge von seiner Krankheit. Erzählte? Er schrie sie ihm richtig vor: «Die heißt ALL – das ist die Abkürzung für Akut Lymphatische Leukämie, eine Art Krebs. Das habe ich schon lange, fast vier Jahre.

Eigentlich kein großes Problem mehr heutzutage. Die meisten Kinder, die das kriegen, werden geheilt. Aber leider kam vor einem halben Jahr ein Rezidiv, falls du weißt, was das ist. Das heißt, der Scheißkrebs kam wieder. Daran muss ich jetzt sterben. Und zwar bald ... Und deshalb habe ich auch ... habe ich auch ... habe ich auch keine Haare mehr», rief der Junge schluchzend. «Die sind mir von der Scheißchemo alle ausgefallen. Und jetzt hol mich meinetwegen, du mieser Mistkäfer. Ist ja doch alles egal.»

Bei dem letzten Satz fing der Junge richtig an zu heulen.

«Oje, das ist jetzt aber blöd gelaufen», dachte der kleine Herr Tod und versuchte den Jungen zu beruhigen: «Hey, ich habe doch Urlaub. Außerdem bin ich ja nicht Herr Hades oder ein anderer von den anderen Großen bei Hades, Thanatos, Hypnos und Co. Ich bin bloß der kleine Herr Tod, und ich mache nur die Hühner. Verstehst du: Gack, gack, gack.»

Er hielt ein Chicken McNugget hoch.

«Guck mal. Wahrscheinlich ein Kunde von mir.»

«Ich glaub dir kein Wort», sagte der Junge und heulte weiter, sodass die Pommes ganz nass und labberig wurden. In diesem Moment schnellte ein klitzekleines Köpfchen aus der Brusttasche des Todesblaumanns hervor und schaute den weinenden Jungen mit verhältnismäßig großen Augen an. Der Junge war so verblüfft, dass er sofort aufhörte zu heulen.

«Wo hast du denn den Chihuahua her?», fragte er. «Willst du den auch um die Ecke bringen?»

«Den was?»

«Na, diesen kleinen Hund.»

«Der heißt nicht Tschihaha, sondern Zottel.»

«Du kommst wohl aus Dummsdorf», höhnte jetzt der Junge. «Also, falls du es nicht weißt: Chihuahua ist der Name dieser Hunderasse. Sie stammt aus Mexiko und ist sehr, sehr alt. Schon die Azteken – so eine Art India-

ner – hielten Chihuahuas. Wenn sie krank waren, benutzten sie sie als lebende Wärmflaschen.»

Der kleine Herr Tod kriegte den Mund nicht mehr zu vor lauter Staunen. Was der Junge ohne Haare alles wusste.

«Das lernt man bei der Scheißchemo in der Klinik», erklärte der, «wenn man nur noch Videos glotzen kann und sonst gar nichts mehr. Außerdem ist mir nach fünfzig Chihuahua-Videos klar geworden, dass das Gekläff eines sehr wütenden Chihuahuas wie die Stimme von Barney Greenway klingt. Aber», fügte er schnell hinzu, «dieser Name wird einem aus Dösbaddelhausen sicher auch nichts sagen.»

Von wegen! Als der Junge ohne Haare diesen Namen aussprach, fühlte sich der kleine Herr Tod, als hätte ihn ein Antimaterieblitz unter der Dusche getroffen.

«Du sprichst von Mark *Barney* Greenway?», stieß er hervor. «Dem Sänger der unsterblichen Napalm Death?»

«Wie, du kennst die Napalms?» Der Junge ohne Haare konnte es nicht fassen.

«Kennen?», schrie der kleine Herr Tod, jetzt völlig aus dem Häuschen. «Ich bete sie an, und ich habe alle ihre Platten, von *Scum* bis *Apex Predator – Easy Meat*. Ich habe frühe Fanzines, Fotos, was du willst.»

Aber hallo, da hatten sich ja zwei gefunden. In der nächsten Stunde konnte jedenfalls ein klitzekleiner Hund namens Zottel dabei zugucken, wie die Augen der beiden Deathies beim Fachsimpeln immer heller zu leuchten begannen, bis man glauben musste, irgendjemand hätte hinten in der Burgerbraterei eine künstliche Sonne aufgehängt.

«Was ist dein Lieblings-Death-Metal-Stück aller Zeiten?», fragte der Junge ohne Haare, und wie aus der Pistole geschossen antwortete der kleine Herr Tod: «‹Zombie Ritual› von Death, wobei ich an manchen Tagen auch zu ‹Holy Hell› von Possessed tendiere. Das kommt auf meine Stimmung an.»

«Ach ja», seufzte darauf der Junge, «das *Seven Churches*-Album von Possessed. Voll der Klassiker, bei dem mir immer ganz wummerich wird. Wusstest du, dass die Platte auf einer Hühnerfarm aufgenommen wurde? Wenn die Band zu spielen begann, sind die Hühner immer voller Panik auf die andere Seite des Hofs gerannt. Das hat Jeff Beccera später erzählt, der Sänger ...»

Das wusste der kleine Herr Tod erstaunlicherweise noch nicht, obwohl er einerseits eigentlich alles über Hühner und andererseits alles über Death Metal in seiner Rübe abgespeichert hatte.

Dafür kramte er da jetzt andere Sachen raus. Als der haarlose Junge vom Morbid-Angel-Stück «Immortal Rites» schwärmte, warf der kleine Herr Tod ein, dass Gitarrist Trey Azagthoth auf der Bühne gerne lebende Würmer gegessen hatte, die er vor dem Konzert vorzugsweise auf Friedhöfen ausgrub. Sofort rief der haarlose Junge dazwischen, ob denn der kleine Herr Tod auch wisse, dass sich der ganz frühe Carcass-Sänger – also der, der sich Sanjiv genannt hatte – jeden Morgen nach dem Aufstehen entweder «Belagerung» oder

«Tiefe Wunde» mit einem Filzstift auf den Handrücken geschrieben hatte. Und so ging das eine Zeit lang immer schneller hin und her, sodass der klitzekleine Zottel selbst mit seinen verhältnismäßig großen Augen der Debatte kaum mehr folgen konnte.

Irgendwann hatte der Junge voll vergessen, dass er den kleinen Herrn Tod eben noch zur Hölle gewünscht hatte. Jetzt war er es, der ihm die Hand entgegenstreckte. «Ich heiße übrigens Bengel. Also, eigentlich heiße ich Stephan, mit ph, nicht mit f. Aber meine Eltern nennen mich meistens nur Bengel. Und meine Freunde auch.»

«Angenehm», sagte der kleine Herr Tod und schüttelte die Hand. Gleichzeitig freute er sich einen Ast ab. «Ich glaube», dachte er, «ich habe jetzt einen Freund. Wie nekro ist das denn?» «Was hast du eigentlich da gerade gehört, Stephan, äh, ich meine Bengel?», fragte der kleine Herr Tod und zeigte auf die Kopfhörer. «Was? Ach, so das. *Grbstn*, die neue von den Klaus Bittermanns. Unglaublich grymm und super. Ich weiß gar nicht, welches Stück ich besser finden soll. ‹Yersinia pestis›, ‹DroemrKnaur› oder ‹Verwaltungsakt›.»

«Waaass?», rief der kleine Herr Tod aufgeregt. «Es gibt ne neue von den Klaus Bittermanns? Die letzte, die ich kenne, ist *Ntschlchtng*. Auch sehr rottig.»

«*Grbstn* ist trillionenfach besser.»

Bengel machte eine kleine Pause. Er schien nachzudenken. Dann gab er sich einen Ruck und sagte leise:

«Tja, und wegen den Klaus Bittermanns bin ich eigentlich auch hier an diesem Tisch.»

«Hä?», hähte der kleine Herr Tod, «kapier ich nicht.»

Auch Zottel guckte irritiert aus der Wäsche.

«Ganz einfach. Ich bin aus der Krebsklinik abgehauen. Du glaubst es nicht, wie depri es da ist. Ich durfte gar nichts. Alle immer so: *Stephan, pass auf. Stephan, das ist zu viel für dich. Stephan, zieh dich bitte warm an.* Ich konnte nicht essen, was ich wollte. Musste immer Mundschutz tragen. Fünfmal am Tag wurde Fieber gemessen. Dauernd musste die Haut eingecremt werden. Okay, das kann man vielleicht alles noch verstehen. Aber als sie mir verboten haben, die neue von den Bittermanns zu hören, hatte ich den Kanal voll und bin weg.»

«Was haben sie?», schrie der kleine Herr Tod empört.

«Sie haben gesagt, das Gegröle sei meiner Rekonvaleszenz nicht zuträglich ...»

«Rekonva-... was?»

«Für mein Gesundwerden ... Dabei werde ich ja gar nicht mehr gesund, aber das trauen sie sich natürlich nicht, mir zu sagen.»

«Und woher weißt du's dann?»

«Ich habe die Ärzte im Dienstzimmer belauscht. Ich wollte mir das Handy mit der Musik zurückholen, und als sie überraschend reinkamen, habe ich mich im Schrank versteckt. Ein paar Wochen geben sie mir noch.»

«Allmächtiger Abraxas», entfuhr es dem kleinen Herrn Tod.

«Nur noch ein paar Wochen», sagte Bengel. «Und dann darf ich noch nicht einmal meine Musik hören.»

«Voll übel.»

«Ich meine, was soll das? Ich sterbe doch sowieso. Dann muss ich mir wirklich nicht schlechte Laune ohne Ende geben. Ich meine, ich bin gerade erst einmal dreizehn. Ich will noch was erleben.»

«Das will ich auch», rief der kleine Herr Tod. «Ich bin erst hundertdreißig. Das ist für einen Tod ziemlich jung. Nur geht bei mir immer alles daneben.»

«Frag mich mal», sagte Bengel.

«Dann müssen wir uns eben was überlegen.»

Die beiden frischgebackenen Freunde versanken für ein paar Minuten in tiefes Nachdenken.

«Vielleicht sollten wir auf eine Weltreise gehen?», schlug Bengel vor. «Das soll ja Erlebnis pur sein, habe ich irgendwo gelesen.»

«Davon rate ich dringend ab», sagte der kleine Herr Tod und erzählte in ein paar gesalzenen Stichworten von seinen desaströsen Brasilienerlebnissen.

«Na, dann könnten wir Sachen mit Mädchen machen. Ich hatte noch nie was mit einer.»

«Gute Idee», sagte der kleine Herr Tod, der sofort an Lydia Lilith denken musste. «Nur was?»

«Hm», brummte Bengel. «Es soll da was ganz Tolles geben. Aber wie das geht, weiß ich auch nicht.»

Plötzlich sprang der kleine Herr Tod von seinem Stuhl. Er war so aufgeregt, dass er dabei das Tablett mit dem ganzen Burger-Verpackungsmüll auf den Boden fegte.

«Ich hab's. Ich hab's. Wir gründen selbst eine Death-Metal-Band. Und dann gehen wir allen Leuten auf den Keks, die uns nerven.»

«Genial», rief Bengel begeistert.

«Und ich habe auch schon einen Namen. Wie findest du *The Dead Bengels*»?

«Voll urne», antwortete Bengel. «Noch besser als die Klaus Bittermanns.»

KAPITEL 4

The Dead Bengels

Wie gründet man eine Band? Das macht wahrscheinlich jeder anders. Unsere beiden neuen Freunde gingen als Erstes zu einem Gitarrenladen.

Unterwegs fragte der kleine Herr Tod: «Sag mal, Bengel: Was willst du spielen? Gitarre oder Bass?»

«Keine Ahnung.»

«Okay. Dann werfen wir eine Münze. Kopf ist Gitarre, Zahl ist Bass.» Bengel wählte Kopf, was dann auch oben lag.

«Alles klar», sagte der kleine Herr Tod. «Bräuchten wir nur noch deinen Lieblingsgitarristen.»

«Chuck Schuldiner von Death», kam es wie aus der Maschinenpistole geschossen.

«Perfekte Wahl», gab der kleine Herr Tod zurück.

Kaum hatten sie den Musiksupermarkt betreten und einen Verkäufer gefunden, rasselte der kleine Herr Tod auch schon eine ganze Bestellliste herunter.

«Grüße Sie, guter Mann», sprach er den verdutzten Fachhändler an. «Wir brauchen eine BC Rich Mockingbird MK3. Sie wissen schon, die Gitarre, die der gute Evil Chuck zu spielen pflegte. Dann einen Warwick Streamer LX4, Shane Emburys Lieblingsbass.»

«Wie meinen?», fragte der rastalockige Verkäufer ratlos.

«Shane Embury, der legendäre Bassist von Napalm Death? Sagt Ihnen nichts? Ich schätze, dann werden wir Ihr Etablissement *stante pede* wieder verlassen müssen.»

«Doch, selbstverständlich, Napalm Death. Großartige Band. Keine Frage. Wegweisend. Apokalyptisch. Danach war nichts mehr, wie es vorher war.»

«Na, also ... Sodann eine mobile Beschallungsanlage mit Verstärker, Mikrophonen und allem Pipapo. Uuund ...»

Der kleine Herr Tod sah sich suchend um, bis sein Blick auf vier bunte flache Teller fiel.

«... vielleicht das da. Was ist das genau?»

«Oh, das ist Simba, ein elektronisches Kinderschlagzeug, bei dem der reine Spaß am Trommeln im Vordergrund steht. Allerdings eher ungeeignet zum Schlagzeugspielenlernen.»

«Dachte ich's mir. Gut, das nehmen wir auch.»

Der kleine Herr Tod benahm sich so, als hätte er sein Leben lang nichts anderes getan, als Death-Metal-Bands auszustatten. Bengel sah ihm bewundernd zu: Wie selbstbewusst er plötzlich auftrat! Allerdings wurde Bengel auch ein bisschen mulmig.

«Das ist doch alles wahnsinnig teuer. Wie sollen wir das denn bezahlen?»

«Kein Problem. Siehst du das hier?»

Der kleine Herr Tod wedelte mit einem nachtschwarzen Stück Plastik.

«Das ist meine Nekro Card. Eigentlich darf ich die nur benutzen, um meine Spesen auf der Erde zu begleichen. Und in extremen Not- und Ausnahmefällen. Ich glaube, das ist hier gegeben.»

Nachdem der kleine Herr Tod bezahlt hatte, packte das Duo seine Einkäufe in einen Einkaufswagen und zog damit in die Innenstadt.

«Herr im Hühnerhimmel», freute sich der kleine Herr Tod. «Hier sieht's ja schlimmer aus als beim hässlichen Hephaistos in seiner verwanzten Unterweltschmiede.»

Doch bevor er sich weiter für die Hässlichkeit von Frankfurt begeistern konnte, entdeckte Bengel einen Kostümladen, in dem es wirklich fast alles gab, was die Dead Bengels brauchten. Auch hier ergriff der kleine Herr Tod sofort die Initiative.

«Einmal bitte die Perücke mit den längsten Haaren, die Sie haben. Damit mein Kumpel hier ordentlich was zum Abmoschen hat. Kann ruhig ein bisschen strähnig und fettig sein.»

Keine zwei Minuten später pappte Bengel eine lange schwarze Matte auf dem Kopf, mit der er kaum wiederzuerkennen war. Dazu suchte er sich selbst eine schwarze Lederjacke aus, dann eine Kette mit einer Kugel dran, wie sie Chuck Schuldiner immer trug, und einen dicken Gürtel mit einer Totenkopfschnalle.

Auch der kleine Herr Tod fand genau das Richtige. «Come to Deaddy», rief er entzückt, als er in einer Vitrine einen schwarzen Umhang mit Kapuze samt einer hübschen Gummisense entdeckte. Dieses Outfit sah fast genauso aus wie das, was der alte Herr Hades immer trug, wenn er liften ging. Und sogar für Zottel gab es was zum Anziehen, nämlich ein Stachelhalsband für Kinder, das man nur noch ein bisschen enger machen musste.

Alle drei Dead Bengels schlüpften noch im Laden in ihre neuen Klamotten, und als sie sich draußen im Schaufenster beguckten, waren sie völlig von den Socken: «Ich glaube es nicht», kreischte Bengel. «Wie geil sehen wir denn aus?»

«So geil, dass wir am besten gleich mit dem Quälen und Nerven anfangen», juchzte der kleine Herr Tod. Doch dann bekam seine Stimme einen nachdenklichen Ton.

«Hm, da ist nur noch ein kleines Problem, an das ich vorhin gar nicht gedacht habe.»

«Was denn?», fragte Bengel.

«Ich weiß nicht, was wir spielen sollen. Wir haben doch keine Stücke.»

«Wenn's weiter nichts ist», sagte Bengel, machte seinen Rucksack auf und holte einen Stapel Zettel raus.

«Das sind so ne Art Gedichte. Die habe ich alle in der Klinik geschrieben. Über Gott, den Tod und die Welt.»

Der kleine Herr Tod überflog das erste Blatt, dann das zweite. Als er mit dem dritten fertig war, konnte er nicht mehr an sich halten.

«Wahnsinnsmaterial. Unglaublich grymm. Das ist wirklich alles von dir?»

Bengel nickte.

«Das ist besser als die Lyrics auf *Symphonies of Sickness* und *Scream Bloody Gore* zusammengenommen, würde ich sagen.»

«Meinste? Und glaubst du, dir fällt was auf dem Bass dazu ein?»

«Mir?», fragte der kleine Herr Tod verdattert. «Ich kann doch gar nicht spielen.»

«Hallo, wie bitte? Hattest du nicht die Idee mit der Band?»

«Ja, schon.»

«Und hast du nicht gerade noch angegeben wie ein Sack Sülze, dass du dich jahrelang mit Death Metal beschäftigt hast?»

«Habe ich auch, während des Studiums. Aber nur theoretisch. Also in der Theorie weiß ich, wie das alles geht: *palm muting*, *down picking*, *blast beats* …»

«Und praktisch?»

«Habe ich das noch nie probiert. Aber das ist doch kein Problem. Üben wir halt ein bisschen. Dann klappt das schon.»

«Und wo bitte? Wir kennen doch hier in der Stadt keine Menschenseele.»

«Gleich hier zum Beispiel. Diese extrem schäbige, vollkommen heruntergerockte Fußgängerzone wartet doch nur darauf, noch einen Tacken mehr verunstaltet zu werden.» Okay, wenn der kleine Herr Tod meinte, dachte Bengel. Die beiden wollten sich gerade daranmachen, die Verstärker vom Einkaufswagen zu laden, da näherten sich zwei Securityleute. Sie sahen ein bisschen so aus wie die Zerberusse, die den kleinen Herrn Tod zum alten Hades geschleppt hatten, und wenn man genau hinsah, konnte man bemerken, dass es in ihren Augen rötlich glühte. Der Größere von beiden war ein richtiger Brocken. «Sind Sie sich sicher», fragte er mit einem teuflischen Grinsen, «dass Sie das hier wirklich tun wollen?»

«So sicher, wie der Tod am Ende deines Lebens stehen wird», antwortete der kleine Herr Tod.

«Dann wird Sie das nach Paragraph 117 Ordnungswidrigkeitengesetz genauso sicher bis zu fünftausend Euro kosten. Der Einsatz von elektroakustischen Verstärkeranlagen ist hier nämlich verboten. Und zwar streng.»

Jetzt war der kleine Herr Tod mit seinem Unterweltlatein am Ende. Ratlos ließ er sich neben dem Einkaufswagen zu Boden sinken, und Bengel tat es ihm gleich.

«Seufz», seufzte der kleine Herr Tod.

«Doppelseufz», stimmte Bengel ein. «Es hätte so schön scheußlich werden können.» Nur Zottel schien den Ernst der Stunde nicht zu raffen. Er tänzelte aufgeregt zwischen den beiden Depris hin und her, wedelte mit dem Schwanz, lief ein paar Meter vor, dann wieder zurück. Erst ließen sich die zwei von ihm nicht stören, doch schließlich merkte Bengel was:

«Ich glaube, Zottel will uns was zeigen.»

«Unsinn», gab der kleine Herr Tod zurück. «Zottel ist auch nur ein Trottel. Genauso wie wir.»

«Aber guck doch mal. Ich glaube, er hat ne Idee.»

Bengel nervte den kleinen Herrn Tod noch ein bisschen, bis der nachgab.

«Gut, folgen wir dem Hund. Lächerlicher können wir uns ja kaum machen.»

Der klitzekleine Zottel schien genau zu wissen, wohin er wollte. Er wieselte fast eine Stunde durch die Stadt, immer weiter Richtung Osten. Er war so schnell, dass die beiden Freunde mit ihrem Einkaufswagen große Mühe hatten, hinterherzukommen. Schließlich bog der Chihuahua in ein Industriegelände am Osthafen ein. Es war nicht zu fassen. Hier sah

Frankfurt tatsächlich noch ein wenig abgewrackter aus als in der Innenstadt. Vor einem heruntergekommenen Schuppen blieb der Hund stehen und begann, laut zu kläffen. Als der kleine Herr Tod und Bengel die Hütte betraten, flatterten ein paar Fledermäuse von ihren Balken. Ein schlimmer fauliger Geruch lag in der Luft.

«Geilomat, wie verrottet das hier ist», freute sich Bengel und strich Zottel über das Fell. «Gut gemacht, du kleine Schabe. Wenn wir hier nicht verdammt gut üben können, will ich in der Hölle braten.»

«In der Hölle brät man gar nicht», erklärte der kleine Herr Tod, während die zwei begannen, in einer schummerigen Ecke des Schuppens die Anlage aufzubauen.

«Was meinst du?»

«In der Hölle ist es gar nicht heiß», erläuterte der kleine Herr Tod. «Ihr Menschen habt da völlig falsche Vorstellungen.»

«Echt?», fragte Bengel, aber eigentlich war er mit seinen Gedanken bei einem drängenderen Problem. «Zu blöd, dass wir keinen Schlagzeuger haben.»

«Auch da hast du, glaube ich, eine falsche Vorstellung.»

«Das glaube ich nun weniger», meinte Bengel.

«Na, da pass mal auf», sprach der kleine Herr Tod und machte eine kleine Verbeugung in Richtung des Chihuahuas. «Darf ich bitten.»

Der klitzekleine Hund drehte sich einmal im Kreis und sprang dann auf das Kinderdrumset, das der kleine Herr Tod gerade angeschaltet hatte. Dort begann er, wie ein Berserker herumzutanzen.

«Meet Steve *the Feet* Zottel», verkündete der kleine Herr Tod mit großer Geste.

«Wahnsinn.» Bengel kriegte seinen Mund nicht mehr zu. «Er kann sogar Blastbeats und Double Bass. Woher hat er das?»

«Tja», grinste der kleine Herr Tod in sich hinein. «Da müsste man wahrscheinlich die alten Azteken fragen.»

Eine Viertelstunde später war das frischgebackene Trio startklar.

«Fangen wir mit ‹Pömmöl› an», schlug der kleine Herr Tod vor. «Das gefällt mir von all deinen Stücken am besten. Eins, zwei, drei, vier ... und los.»

Gut, dass das hier kein Hörbuch ist und keine Schallplatte. Denn das, was sich eine Sekunde später ereignete, klang so entsetzlich, dass ein normales menschliches Ohr sofort in tausend Stücke zersprungen wäre. An Scheußlichkeit war dieser Krach eigentlich mit nichts zu vergleichen. Und wenn hier jetzt steht, es hätte so geklungen, als sei ein Hochgeschwindigkeitszug mit Tempo dreihundert gegen eine Betonmauer gefahren und dann noch ein mit laufenden Kreissägen beladener Düsenjäger draufgestürzt, dann ist das eine gewaltige Untertreibung. Damit wir uns nicht missverstehen: Die von unserem Trio erzeugten Geräusche klangen nicht etwa gut schaurig, sondern einfach nur grottenschlecht.

Doch das änderte sich, je öfter sie das Stück spielten. Und dann fingen irgendwann im Laufe der Nacht die ersten Ratten im Keller des Schuppens mit dem Headbangen an, später dann die Schaben und am Ende sogar das einzellige Getier.

Schließlich, als der erste Song wirklich perfekt saß, kam der absolute Höhepunkt: Es war kurz vor Sonnenaufgang, als der kleine Herr Tod ein verdächtiges Knirschen im Gebälk des Schuppens wahrnahm.

«Raus! Alle und alles so schnell wie möglich raus!», brüllte er.

Die drei Bengels schafften es noch so gerade, ihren Krempel zusammenzuraffen und rauszulaufen, dann brach der Schuppen krachend in sich zusammen.

«Hahahahaha», lachten sie, als sie vor den Trümmern standen. «Unser erster durchschlagender Erfolg.»

Die drei lachten noch eine gute Viertelstunde, dann verkündete der kleine Herr Tod:

«Ich glaube, wir sind so weit. Es kann losgehen mit dem Auf-den-Keks-Gehen.»

KAPITEL 5

Rache ist Jägermeister

«Und wem gehen wir jetzt als Erstes auf die Nerven?», fragte der kleine Herr Tod voller Ungeduld. «Hast du eine Idee?»

«Eine?», antwortete Bengel und zog grinsend eine lange Liste aus dem Rucksack.

«Hier stehen alle Leute drauf, die mir in meinem Leben blöd gekommen sind. «

Der kleine Herr Tod staunte: «Puh, das sind aber viele. Und dann noch fein säuberlich in alphabetischer Reihenfolge.»

«Vergiss nicht, dass ich im Krankenhaus megaviel Zeit zum Nachdenken hatte.»

Der Erste auf der Liste war Ole Aselmann, Bengels alter Musiklehrer. Er wohnte in einem komischen Kaff, das Bad Humbug oder so ähnlich hieß, vor den Toren Frankfurts. Hier hatte auch Bengel mit seinen Eltern gewohnt, bis er in die Krebsklinik umziehen musste. In der U-Bahn erzählte Bengel die Geschichte mit Aselmann, den alle Schüler nur «die Kellerassel» nannten.

«Es war der letzte Schultag vor den großen Ferien vor zwei Jahren. Da durften alle Kinder ihre Lieblingsmusik mitbringen, und die wurde dann im Unterricht gespielt. Du glaubst es nicht: Die Kellerassel fand wirklich alles total super. Also alles, was die anderen mitgebracht hatten. Sogar

Extremschrott wie die Toten Hosen oder Ariana Grande. Ich hatte *Scream Bloody Gore* von Death dabei. Du weißt ja, wie nekro diese Platte ist.»

«Nekrissimo würde ich sogar sagen.»

«Die Kellerassel aber hörte höchstens fünf Sekunden rein und putzte sie dann sofort runter. *Das, mein lieber Stephan, ist überhaupt keine Musik. Das sind nur ein paar Geräusche, die geisteskranke Tiere machen.*»

«Dieses komplexe Meisterwerk, das ganz am Anfang von Death Metal stand? Was für ein Kretin.»

«Ja, voll gemein. Und die ganze Klasse hat sich ausgeschüttet vor Lachen. Sie hörten gar nicht mehr auf. Als hätte man ihnen was in den Tee getan. Noch Monate später kam auf dem Schulhof immer wieder einer an und schmierte mir Kellerassels Gelaber unter die Nase.»

«Dafür muss der Banause büßen. Keine Frage.»

Aselmann wohnte in einer ruhigen kleinen Straße in der Nähe des Kurparks. Direkt vor seinem Haus bauten nun die Dead Bengels ihre mobile Anlage auf. Dann klingelte der kleine Herr Tod Sturm an der Tür des Musiklehrers. Zwei Sekunden später begann die Band mit dem Stück, das sie am besten konnte: «Pömmöl».

«Hoitöhh wörrrst du abgehooolt,
Än dän Todöshömmöl.
Wöllstö nöcht, wörrrst du versooohlt,
Önd wör zägön dör,
Önsörö ungewöschönön ...»

Weiter kamen die Bengels gar nicht, denn da hatte Herr Aselmann schon das Fenster aufgerissen und schrie:

«Wie? Wo? Was? Wird Hexensabbat gefeiert? Ist schon Walpurgisnacht?» Plötzlich stutzte er: «Äh, und was machst du denn da unten, mein lieber Stephan?»

Aselmann wunderte sich, seinen Schüler vor dem Haus zu sehen. Er hatte sich doch in der letzten Zeit in der Schule kaum noch blicken lassen. Der Musiklehrer wusste gar nicht, warum.

«Ach, ich wollte Ihnen nur ein kleines Ständchen bringen», sagte Bengel. «Weil Sie doch mein Lieblingsmusiklehrer sind und immer so viel Verständnis für meine Musik hatten. Moment. Es geht sofort weiter.»

«Bitte, bitte nicht!», jammerte Aselmann. «Nicht, dass ich etwas gegen deine Musik habe, mein lieber Stephan. Ich schätze sie eigentlich sehr, konnte das damals nur nicht richtig zeigen. Aber die Nachbarn. Das Emissionsschutzgesetz. Die Kurschattenverwaltung.»

«Was würden Sie denn dafür tun, dass wir nicht weiterspielen?», fragte Bengel.

«Alles, was du willst, allerbester Stephan.»

Da griff Bengel in seinen Rucksack, zog ein Stück Papier raus, befestigte es mit einem Gummiband an einem kleinen Stein und warf es Aselmann durchs Fenster.

«Das ist eine Eintrittskarte. Nächste Woche spielen die Klaus Bittermanns in Frankfurt. Da gehen Sie hin! Und bleiben vom ersten Stück bis zum letzten!»

«Wird gemacht», versprach Aselmann. «Ehrlich. Großes Ehrenwort. Beim alten Ludwig van.»

Potzblitz! Dass das mit dem Nervprogramm gleich so gut funktionieren würde, hatte Bengel nicht gedacht.

Der kleine Herr Tod las den nächsten Namen auf der Liste: «Balla, Gudrun. Lustiger Name. Was ist das denn für eine?»

«Ach, die Homöopathin. Die wohnt hier gleich um die Ecke, in einer großen Villa am Hang. Die totale Horrortrine.»

«Schieß los! Was war mit der?»

«Schon ein bisschen her, noch vor der Diagnose. Auch wenn es sich

heute keiner mehr vorstellen kann: Aber ich war mal ein total wildes Kind. Ich habe Sport gemacht ohne Ende. Bin Skateboard gefahren und war im Sommer fast jeden Tag am Baggersee. Und dann wurde ich von einem Tag auf den anderen entsetzlich schlapp. Ich hatte keine Lust auf gar nichts mehr, lag nur noch zu Hause auf dem Sofa. Alles tat mir weh. Und wenn ich mich bewegte, kriegte ich überall merkwürdige blaue Flecken. Keiner wusste, was los war ...»

«Und dann ...?»

«Haben mich meine Eltern erst mal zu der Balla geschleppt. Die dachten, die Salatschnepfe sei gut für mich. Wegen Naturheilverfahren. Alles öko und sanft und so.»

Was Bengel dann erzählte, konnte der kleine Herr Tod nicht fassen.

«Die Balla hat mir erst mal Bachblüten verschrieben.»

«Ein Bach hat Blüten? Habe ich ja noch nie gehört.»

«Nee, die Bachblüten-Therapie hat ein Vollhonk und Spinner erfunden, der Bach hieß. Der meinte, krank würde man nur, weil man schlecht drauf ist, und dagegen würden Blumenblüten helfen, insgesamt achtunddreißig. Die muss man eine Zeit lang ins Wasser legen, dann soll man dieses Blütenwasser trinken, und haste nicht gesehen, biste wieder gesund.»

«Echt? Das ist ja fast noch irrer als die Geschichte, dass der alte Herr Hades erst von seinem eigenen Vater gefressen und später wieder ausgewürgt wurde. Und so was glauben Leute?»

«Leider ja. Frag nicht nach Sonnenschein. Mir hat die Homöopathin gegen meine Schlappheit Blüten von Heckenrosen, Tausendgüldenkraut und Oliven verschrieben.»

«Ernsthaft. Oliven?»

«Ja, ich habe sie gefragt, ob's nicht auch Olivenöl im Salat tun würde. Da wurde sie sauer.»

Das aber war längst noch nicht alles, was die Homöopathin mit dem armen Bengel angestellt hatte. Sie wollte auch, dass er ganz anders denken sollte.

«Bei jedem Termin hat sie mich vollgequallt: *Stephan, du musst nur positiv denken, dann bist du auch nicht mehr so schlapp.* Oder: *Lächle doch mal, das setzt Glückshormone frei.* Dauernd erzählte sie mir was von guten Schwingungen, schlechten Schwingungen, mittelprächtigen Schwingungen. Es war nicht zum Aushalten.»

«Alter Schwinge, äh, Schwede, meine ich. Unglaublich das alles.»

«Am schlimmsten war, dass ich irgendwann ein total schlechtes Gewissen hatte. Ich dachte, ich bin selbst schuld an meiner Krankheit. Wieso schaffe ich es denn nicht, positiv zu denken, habe ich mich jeden Tag gefragt. Am Ende war ich fast froh, als bei mir ALL festgestellt wurde. Denn da war endlich klar, dass es gar nicht an mir gelegen hatte.»

«Und weiß die Homöopathin das jetzt?»

Bengel schüttelte den Kopf.

«Nee. Ich habe meinen Eltern gesagt, sie sollen keinem was erzählen. Mitleid will ich nicht. Schon gar nicht von dieser Psycholiese.»

Die beiden Freunde waren so ins Gespräch vertieft, dass sie gar nicht gemerkt hatten, wie weit sie gelaufen waren. Plötzlich standen sie an einem schmiedeeisernen Gartentor.

«*Gudrun Balla. Physio- und Gesprächstherapeutin. Homöopathin*», las der kleine Herr Tod auf einem weißen Schild.

Bengel wurde mulmig. «Können wir die Tante nicht vielleicht doch lieber auslassen? Ich glaube, ich bin gerade nicht in der richtigen Stimmung.»

«Papperlapapp», antwortete der kleine Herr Tod. «Keine Müdigkeit vorschützen.»

Er drückte auf den Klingelknopf neben dem Tor. Wenige Sekunden später erklang aus der Gegensprechanlage eine flötende Stimme: «Ja, bitte?»

«Hallo. Ich bin hier mit meinem Freund Stephan. Er braucht Ihre Hilfe.»

«Stephan? Welcher Stephan? Und was hat er denn?»

«Der, der immer so schlapp ist. Mit dem Olivenöl. Er hat sich's überlegt. Er braucht dringend ein paar positive Schwingungen.»

Sofort brummte es, und das Gartentor ging auf. «Ach Steffchen», sang die verrückte Homöopathin, als die drei Bengels ihre Praxis betraten. «Wie schön, dass du endlich vernünftig geworden bist. Ach, einen kleinen Freund hast du auch mitgebracht. Und ein süßes Hundi.»

Sie stürzte sich auf Zottel und streichelte ihn so doll, als könnte man dabei was gewinnen. Bengel sah verzweifelt zum kleinen Herrn Tod hinüber, als ob er sagen wollte: *Siehste.* Bevor Schlimmeres mit Zottel passieren konnte, ergriff der kleine Herr Tod das Wort:

«Verehrteste, Sie können gleich mit der Therapie beginnen, aber vorher wollten wir erst mal was für Sie singen.»

«Ach, das ist aber eine nette Überraschung. Steffchen, ich erkenne dich gar nicht wieder. Singt nur, Kinder, singt!», trillerte die Homöopathin.

In Windeseile stellten die Bengels ihre Anlage auf und begannen mit einem Stück, von dem der kleine Herr Tod glaubte, dass es zu der Schreckschraube passte. Mit growliger Stimme zählte er an: «Öns, zwö, drö, vör»:

Und dann:

«Nögötövötöt,
För döch önd möch öm All öntstöht.
Nögötövötöt
Schöckt Wöllön ön mein Dönkgöröt.»

Es war eine Coverversion, die die Bengels nur ein einziges Mal geprobt hatten. Sie grölten den Text so scheußlich, wie sie nur konnten, und verspielten sich auch dauernd. Dazu jaulte Zottel, als hätte man ihm auf den klitzekleinen Schwanz getreten. Aber die Homöopathin zuckte nicht mit einer Wimper. Im Gegenteil: Sie klatschte in die Hände und rief:

«Ach, das ist ja ganz entzückend, Steffchen. Ich verstehe zwar rein gar nichts von dem Text, aber irgendwie erinnert mich das Lied an einen Song aus meiner Jugend.»

Puh, die Trulla war einwandfrei nicht so leicht zu knacken wie die Kellerassel. Auch als die Bengels noch einmal «Pömmöl» spielten, rief sie nur: «Steffchen, oh, wie schön» und sogar «Zugabe, Zugabe». Was konnte man da bloß machen? Bengel war ratlos, aber unser gewitzter kleiner Herr Tod hatte eine Idee und flüsterte Zottel was ins Ohr. Der klitzekleine Hund lief auf seinen klitzekleinen Pfoten aus dem Haus und kam eine halbe Stunde später wieder. Jetzt hatte er eine grüne Flasche im Maul. Die Homoöpathin bemerkte ihn erst gar nicht, denn sie war damit beschäftigt, Bengel vollzuschwallen.

«Wie wäre es, mein liebes Steffchen, wenn du ein Dankbarkeitstagebuch führst? Du schreibst einfach jeden Tag drei Dinge auf, für die du dankbar bist. Mit der Zeit werden dir dann immer mehr positive Dinge in deinem Leben auffallen, und dann, das verspreche ich dir, wird alles wieder gut.» Bengel tat so, als ob er aufmerksam zuhören würde, aber guckte die Balla nicht hin, rotierten seine Augen wie ein Kettenkarussell auf der Kirmes. Wenn die Alte wenigstens das alberne *Steffchen* lassen würde.

«Dürfte ich eventuell mal stören», unterbrach da der kleine Herr Tod den Redefluss der Homöopathin. «Unser herzallerliebster Zottel hat Ihnen noch ein Geschenk mitgebracht.»

Er hielt der Frau die grüne Flasche entgegen, auf der ein Hirschkopf prangte und *Jägermeister* stand.

«Was ist das denn Schönes?», säuselte Balla.

«Ein ganz neuer Bachblütencocktail. Enthält sogar sechsundfünfzig Bachblüten statt achtunddreißig. Und hat eine besonders durchschlagende Wirkung.»

«Ach, das ist ja ganz wunderbar. Aber wieso weiß ich denn davon nichts?»

«Probieren Sie doch einfach mal», forderte der kleine Herr Tod sie auf und goss ihr auch gleich ein Gläschen ein.

«Sechsundfünfzig Bachblüten? Da muss man mich nicht zwei Mal bitten.»

Sie kippte das ganze Glas mit einem Schluck. Im nächsten Augenblick gellte ein schriller Schrei durch die Praxis:

«Tickst du eigentlich noch ganz sauber? Da ist ja Schnaps. Willst du mich umbringen, du, du, du ...»

«Gestatten: Ich bin der kleine Herr Tod», sagte der kleine Herr Tod ganz cool. «Und ein für alle Mal: Ich bringe gar keinen um. Aber jetzt hören Sie mir mal zu ...». Dann erklärte er der Homöopathin klipp und klar, was sie mit ihrer Quatschtherapie bei Bengel alles falsch gemacht hatte.

«Stephan hat Leukämie. Kapieren Sie, was das heißt? Da helfen Ihre Bachblüten einen feuchten Kehricht. Und nicht nur da. Die sind sowieso völlig nutzlos, denn die haben auch sonst absolut keine Wirkung. Alles ausgemachter Blödsinn. Und genau dasselbe gilt für Ihre positive Denkerei. Sie sind eine Scharlatanin, die mit dem Elend anderer Leute Geld verdient.»

Die Homöopathin riss die Augen auf.

«Was? Wie bitte? Das hat mir noch niemand gesagt. Ich glaube, ich brauche noch einen Schluck.»

Sie goss sich einen Jägermeister ein und kippte ihn sofort runter.

«Ja, trinken Sie nur. Vielleicht hilft Ihnen das ja dabei, sich darüber klar zu werden, was Sie angerichtet haben. Stephan hat eine schwere Krankheit, an der er vielleicht sterben wird. Das ist schlimm genug. Aber Sie haben ihm eingeredet, er sei selbst dran schuld. Wahrscheinlich ist das noch schlimmer.»

«Aber ... aber», rief die Homöopathin verzweifelt, «ich habe doch davon gar nichts gewusst ...»

Im selben Moment klingelte es an der Haustür. «Ach du meine Güte», Gudrun Balla schlug sich an den Kopf. «Der kleine Rüdiger. Den habe ich ganz vergessen.»

«Wir wollten sowieso gerade gehen», sagte der kleine Herr Tod. «Stimmt's?» Bengel nickte, und alle drei Bandmitglieder packten ihre Sachen.

«Meine Nerven, meine armen Nerven», jammerte die Homöopathin, «das ist alles zu viel für mich.» Sie nahm noch einen Schluck, diesmal direkt aus der Pulle. Der kleine Herr Tod öffnete die Haustür; davor stand ein kleiner Junge mit seinen Eltern.

«Mahlzeit», grüßte der kleine Herr Tod, und die drei Bengels marschierten im Gänsemarsch an der Familie vorbei.

Was sind denn das für komische Figuren, dachte Rüdigers Vater noch, doch da stand schon die Homoöpathin im Türrahmen. Stand? Man muss wohl eher sagen: Sie hing, wankte, denn sie war Alkohol überhaupt nicht gewohnt.

«Aber kommen Sie doch rein», lallte sie, «und machen Sie's sich bequem. Wollen Sie vielleicht auch ein Schlückchen?» Sie zeigte auf die Jägermeisterflasche. «Da sind sechsundfünfzig Bachblüten drin.»

«Was ist denn mit Ihnen los? Sie sind ja besoffen», empörte sich Rüdigers Mutter. Sofort riss sie ihren Sohn am Arm herum: «Komm, Rüdi, gehen wir.» Auch Rüdigers Vater machte auf dem Absatz kehrt.

«Wir werden dafür sorgen, dass Sie Ihre Zulassung verlieren.»

Die Homöopathin schnallte überhaupt nichts mehr. Sie stand nur noch da und klappte wieder und wieder den Mund auf und zu, wie ein großer Karpfen.

Jetzt tat sie Bengel sogar ein bisschen leid: «Die Balla ist zwar komplett bescheuert, aber eigentlich hat sie es ja nur gut gemeint.»

«Mag sein, aber ihre Dummheit ist leider gefährlich. Und einer musste es ihr mal sagen», antwortete der kleine Herr Tod. «Doch das ist jetzt Schnee von gestern. Wer ist der Nächste auf deiner Liste?»

Bengel zuckte mit den Schultern. Er sah müde aus.

«Ich weiß nicht. Ich glaube, ich habe keine Lust mehr. Vielleicht nehmen wir erst mal einen von deiner.»

«Von meiner Liste? Aber ich habe doch gar keine.»

«Was? Es gibt wirklich keinen auf der Welt, mit dem du noch ein Hühnchen zu rupfen hättest?»

Hühnchen. Bei diesem Wort fiel dem kleinen Herrn Tod alles wieder ein.

«Oh, doch. Einen gibt es.» Seine Stimme klang jetzt sehr entschlossen.

«Wen?»

«Goetz Zuckmayer, den Hühnerbaron.»

Jagermeister
56

KAPITEL 6

Das niedlichste Monster der Welt

Ein paar Stündchen später saßen unsere Freunde in einem Zug, der sie in Richtung Norden brachte. Beziehungsweise: Zottel saß gar nicht, sondern hatte sich wieder in die Brusttasche im Blaumann des kleinen Herrn Tod verzogen, weil es hier am gemütlichsten war. Aber leider konnten die Bengels ihre Fahrt im pfeilschnell dahingleitenden ICE nicht lange genießen, denn kurz hinter dem Flughafen Frankfurt gab es eine ziemliche Überraschung.

Die Abteiltür ging auf, und ein Mann in einem schicken Anzug fragte: «Ist hier noch frei?»

Dann stutzte er kurz und riß erstaunt die Augen auf: «Ach, herrje, das bist ja du, Stefan. Wie kommst denn du in diesen Zug?»

Der kleine Herr Tod guckte Bengel fragend an. Er konnte ja nicht wissen, wer sich da auf den Platz ihm direkt gegenüber gesetzt hatte. Es war Zack Schummelius, Starreporter vom Magazin «Geck». Auch er hatte Bengel einst übel mitgespielt und stand deshalb auch auf seiner langen Liste.

Wahrscheinlich war Schummelius sogar der Allerschlimmste von den Leuten, die Bengel auf die Nerven gegangen waren. Die anderen hatten sich blöd benommen, weil sie nichts von Bengels Krankheit wussten. Dann gab es Leute, die hatten es gewusst, waren aber gedankenlos gewesen. Schummelius jedoch war nicht nur völlig klar, dass Bengel an einer bösen

Krankheit litt. Er hatte diese Krankheit auch noch voll ausgenutzt, indem er eine reißerische Reportage über die Kinderkrebsstation geschrieben hatte, auf der Bengel gewesen war. Der eklige Artikel fiel Bengel jetzt wieder ein. Schummelius hatte wirklich alle schmierigen Register gezogen. Die leukämiekranken Kinder hießen bei ihm nur «unschuldige kleine Engel». Er hatte von Augen geschwafelt, die «so tief wie Bergseen» seien, und durch die man «direkt auf den Grund der so grausam gequälten kleinen Seelen schauen» könne. Und er hatte behauptet, «das Schweigen der Krebskinder ist ihre Art zu weinen». Das war zwar schlimmer Kitsch. Aber wäre das alles gewesen, hätte man den Artikel vielleicht gleich wieder vergessen können. Doch Schummelius hatte obendrein noch gelogen, dass sich die dicksten Balken bogen. Über Bengels Freund Niklas hatte er geschrieben, dass schon seine kleine Schwester an Leukämie gestorben sei. Dabei war Niklas Einzelkind. Und über die Mutter von Marie, dass sie aus Verzweiflung Alkoholikerin geworden war. Tatsächlich trank sie aber nur Tee, Saft und Wasser.

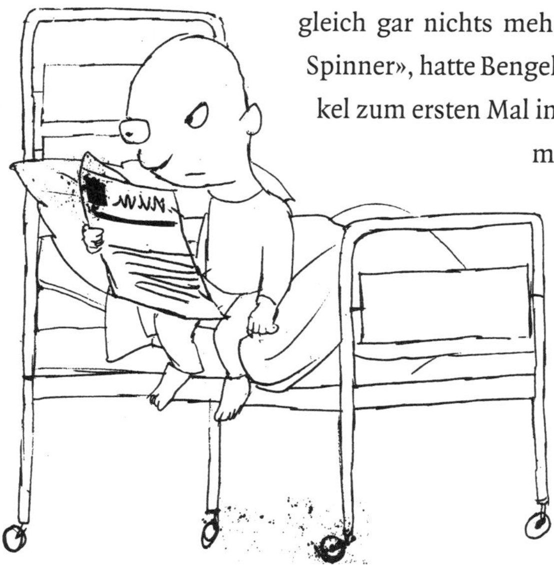

Bei der Beschreibung Bengels hatte dann gleich gar nichts mehr gestimmt. «Was für ein Spinner», hatte Bengel geschrien, als er den Artikel zum ersten Mal in den Händen hielt. «Nein, mein Lieblingstier ist nicht das Nashorn, weil, *so der kleine Stefan, Nashörner eine dicke Haut haben*, und ich höre auch nicht den ganzen Tag ‹No more pain› von 2Pac. Ich und Hiphop? Habe ich Ohrenkrebs?»

Schummelius hatte es sogar fertiggebracht, Bengels Namen falsch zu schreiben. Im «Geck» stand er als «Stefan» mit «f». Es gab wohl nichts, was Stephan mehr hasste.

«Was tue ich denn jetzt?», überlegte Bengel fieberhaft, während sich Schummelius im Abteil breitmachte. Bengel konnte dem kleinen Herrn Tod nicht erzählen, wie gefährlich dieser Reporter war. Dann würde der, das wusste Bengel, garantiert zu seiner schlimmsten Waffe greifen: dem Quatschen und Beschreiben. Das hatte er auf der Station immer wieder erlebt. Sobald einer was sagte, das Schummelius anders sah, ging's los. Er quasselte so lange, bis keiner mehr wusste, was richtig war oder falsch. Am Ende war rot dann blau, Wasser gar nicht nass und Fritten mit einer zehnfachen Portion Mayo das gesündeste Essen der Welt.

«Wie blöd, dass wir unsere Instrumente so gut verpackt haben», dachte Bengel. Sonst hätte man die große Klappe des gefährlichen Reporters vielleicht mit ein paar ausgewählten Death-Metal-Songs zum Schweigen bringen können.

Und dann schien es für Gegenmaßnahmen auch schon zu spät zu sein. Während Bengel noch überlegte, fing Schummelius an, den kleinen Herrn Tod vollzuquallen.

«Ihre Augen, Ihr tiefer Blick», sprach er mit schleimiger Schmeichelstimme, «verraten mir, dass Sie ein kleiner Weiser sind. Vielleicht sind Sie sogar eines der schlauesten Wesen auf diesem Planeten.»

«Nicht hinhören, nicht hinhören», rief Bengel verzweifelt.

«Sie sind auch sehr romantisch und einfühlsam. Frauen müssten auf Sie fliegen.»

«Halt dir die Ohren zu, Kahatee, stopf dir Kaugummi rein oder sonst was», rief Bengel wieder, aber das hörte der kleine Herr Tod schon gar nicht mehr.

«Wie recht dieser Mann doch hat», dachte er stattdessen, «das sollte Lydia Lilith einmal hören.»

«Sie sind wirklich faszinierend. Ich sollte eine Reportage über Sie schreiben. Was machen Sie denn so beruflich?»

«Äh, ich bin im Transportgewerbe tätig.»

«Sicher in führender Position.»

«Nun ja, noch nicht ganz.»

«Seien Sie versichert: Dieser Fehler wird in naher Zukunft korrigiert werden. In sehr naher Zukunft sogar.»

Bald hatte Schummelius den kleinen Herrn Tod vollkommen eingelullt, da konnte Bengel nicht viel machen.

«Lassen Sie meinen Freund in Ruhe», versuchte er es trotzdem noch einmal.

«Ich glaube», gab der teuflische Reporter zurück, «darüber entscheidet dein Freund immer noch selbst. Nicht wahr, Verehrtester?»

«Ich finde Sie sehr sympathisch, Herr Schummelius», antwortete der kleine Herr Tod. «Und ich glaube, ich kenne diesen komischen Jungen ohne Haare hier überhaupt nicht.» *Oh no*, dachte Bengel, jetzt habe ich meinen gerade erst gewonnenen Freund schon wieder verloren, auch wenn er natürlich wusste, dass das nicht am kleinen Herrn Tod selbst, sondern nur an Schummelius' Beschreibungszauber lag. In diesem Moment kam Zottel aus dem Overall des kleinen Herrn Tod hervorgekrochen. Als der Hund den quatschenden Reporter erblickte, fing er zu knurren an und fletschte seine klitzekleinen Zähnchen.

Schummelius stierte das Tier an. Sekunden später stand ihm der Angstschweiß auf der Stirne.

«Mein Gott, mein Gott», schrie er, und es klang, als würde er gerade lebendig geröstet. «Machen Sie das Vieh da weg!»

Der kleine Herr Tod kapierte nicht, was bei Schummelius abging.

«Wie meinen, geschätzter Freund? Der Hund? Ach, das ist doch nur der kleine Zottel. Ein Chihuahua, vollkommen harmlos.»

«Sind Sie irre?», schrie Schummelius. «Dieses Monster da mit seinem Riesenmaul und den behaarten Klauen, die noch dazu in die falsche Richtung zeigen, das ist doch kein Chihuahua! Mag sein: Vielleicht kommt es aus Mexiko. Der Federschmuck auf seinem Kopf und die dicke Mayakette vor der Brust sehen irgendwie lateinamerikanisch aus. Aber dieses Mexiko liegt dann direkt in der Hölle.»

Was redete Schummelius da? Riesenmaul? Federschmuck? Mayakette? Meinte er das dünne Halsband, das Zottel trug? Entweder war der Typ von einer Sekunde auf die andere total verrückt geworden, oder aber das alles war nur ein Trick, um den kleinen Herrn Tod und Bengel in den Wahnsinn zu treiben.

Der rasende Reporter schien allerdings echte Panik zu schieben. Er sprang auf.

«Ich muss sofort hier raus. Und an Ihrer Stelle würde ich mich auch so schnell wie möglich aus dem Staub machen.»

Die beiden Freunde lachten.

«Also, uns», sagte der kleine Herr Tod, «hat dieser mikroskopisch kleine Hund bisher nichts getan. Und wenn er doch was tun wollte: Was kann er schon mit seinen kleinen Zähnchen anrichten?»

«Kleine Zähnchen? Diese Hauer da? Haben Sie Tomaten auf den Augen? Sehen Sie nicht, wie sich dieses furchtbare Vieh jetzt voller Vorfreude über seine leprösen Lippen leckt?»

Tatsächlich wischte sich Zottel gerade mit der Zunge über sein kleines Schnäuzchen.

«Und jetzt», herrschte Schummelius den kleinen Herrn Tod an, «lassen Sie mich durch, Sie angestaubter, dummer Supermario-Verschnitt.»

«Äh, ich dachte, ich bin das intelligenteste Wesen des Planeten?»

Schummelius ließ die Maske vollends fallen.

«Sie sind sogar zu dämlich, zu kapieren, dass ich Ihnen nur Honig ums Maul geschmiert habe.»

Während sich nun Schummelius und der kleine Herr Tod immer weiter in die Haare kriegten, kam Bengel eine Idee. Offenbar sah Schummelius wirklich ein Monster, wo tatsächlich nur ein klitzekleiner Zottel war, aus welchen Gründen auch immer. Das galt es auszunutzen.

«Okay, okay», rief Bengel dazwischen, «ich gebe es zu. Zottel ist tatsächlich ein brutales Monster. Vielleicht das brutalste auf der ganzen Welt. Supergefährlich und voll eklig. Ich glaube, Kahatee, es hat keinen Zweck, das weiter abzustreiten. Einer Reporterlegende wie unserem Herrn Schummelius macht man einfach nichts vor.»

Bengel zwinkerte dem kleinen Herrn Tod verstohlen zu. Der verstand zwar nur Bahnhof, aber spielte trotzdem mit und sagte leise:

«Gut, ich geb's zu. Zottel ist ein Monster aus der Hölle. Der mexikanischen Monsterhölle sogar.»

«Na also», schrie Schummelius. «Das wäre geklärt. Und ich mache jetzt die Biege.»

«Sorry», gab Bengel zurück. «Aber das geht leider nicht, denn dann müsste ich dieses ultrabrutale Höllenmonster auf Sie hetzen. Nicht wahr, Zottel, du machst Hackepeter aus ihm, wenn er abhaut?»

Zottel schien Bengel tatsächlich zu verstehen und bellte zwei Mal kurz und trocken.

Jetzt bekam Schummelius richtig Schiss.

«Erbarmen, Gnade. Ich habe Eltern und zu Hause einen historischen Porsche Targa in der Garage, um den ich mich kümmern muss.»

«Echt? Wir sollen jetzt Erbarmen mit Ihnen haben? Hatten Sie denn welches mit Niklas oder der Mutter von Marie?»

«Das tut mir alles so leid. Schon ganz lange. Ja, das war nicht in Ordnung. Und ich würde alles tun, um es ungeschehen zu machen, Stefan.»

«Stephan mit ‹ph›, bitte!»

«Ja, natürlich, bitte, Stephan mit ‹ph›.»

«Also gut. Ich gebe Ihnen eine Chance. Beschreiben Sie sich selbst. So gut Sie können, aber vollkommen ehrlich. Vielleicht kann ich das Monster dann zurückhalten.»

«Ehrlich *ehrlich*? Ich weiß doch gar nicht, wie das geht.»

«Versuchen Sie's! Aber wehe, ich ertappe Sie bei einer Lüge. Dann: Arrividerci Starreporter! Hello Hackepeter!»

Man muss sagen, dass sich Schummelius in der nächsten halben Stunde wirklich große Mühe gab. Und tatsächlich beschrieb er sich zum ersten Mal in seinem Leben völlig ehrlich, auch wenn er anfangs immer wieder ins Stocken geriet:

«Also: Mein Vorname ist gar nicht Zack, sondern Hans-Peter. Ich bin ein großer Lügner ... vielleicht der größte überhaupt ... Wenn ich schreibe, dann ... denke ich nur an mich. Die Wahrheit interessiert mich gar nicht ... Und mir ist auch egal, was aus den Leuten wird, über die ich Lügen verbreite. Mir geht es eigentlich nur ums Geld. Ja, und auch um Lob, Ruhm und Anerkennung. Ich war schon in der Schule so und habe meine Mitschüler und Lehrer angelogen. Meine erste Freundin habe ich nach zwei Wochen betrogen. Die war dann nach vier Wochen weg. Da habe ich mir den Porsche angeschafft. Mit dem reiße ich genug Puppen auf, denen ich dann das Blaue vom Himmel verspreche, ohne es jemals zu halten. Vielleicht mache ich das alles nur, weil ich im tiefsten Inneren spüre, dass ich ein kleines Würstchen bin und sehr unsicher und einsam ...»

Als Schummelius fertig war, wollte es Bengel fast schon gut sein lassen, und wenn er sich nicht wieder daran erinnert hätte, wie schlimm der Artikel über die Krebsstation gewesen war, hätte ihm dieses ehrliche Geständnis auch genügt. Aber Bengel dachte daran, und so musste Schummelius obendrein noch versprechen, dass er in Zukunft nur noch Gebrauchsanweisungen für Elektrogräte, Dialoge für Tierfilme oder Zeitungshoroskope schreiben würde.

«Echt, ehrlich, lieber Stephan, mach ich, ich schwöre, bei meiner Fettleber.»

Beim nächsten Halt durfte er sich dann endlich vom Acker machen. Es war der Hauptbahnhof von Köln. Und eigentlich ist das ja auch eine schwere Strafe, sich in dieser Stadt aufhalten zu müssen, selbst wenn es nur ein paar Stunden sind.

«Uff», ächzte der kleine Herr Tod erleichtert, kaum war der schlimme Schummelpeter aus dem Abteil. «Was für ein Irrer. Und ich bin selbst fast auf den reingefallen! Meinst du wirklich, er hat Zottel für ein schreckliches Monster gehalten?»

«Ich glaube schon, auch wenn man's sich ja kaum vorstellen kann. Der hatte echt Panik. Und er hätte sich sonst sicher auch nicht so ehrlich selbst beschrieben.»

«Auf jeden Fall gut, dass wir Zottel dabeihaben. Ohne ihn hätte mir dieser Scharlatan garantiert den Verstand aus dem Schädel gequatscht. Dann hätte ich mit ihm zusammen nach Gagahausen ziehen können. Oder, noch schlimmer: Köln.»

Der kleine Herr Tod sah Bengel an.

«Du warst aber auch voll super. Danke.»

«Naja, ich kenne halt Schummelius schon ein bisschen», erwiderte Bengel bescheiden, «und wusste, dass man ihm nicht trauen kann.»

«Nein, du bist einfach supermutig und extrem cool. Ich bin das leider nicht. Ich bin so unerfahren auf der Welt, und dauernd habe ich entsetzliche Muffe. Vielleicht sollten wir Zuckmayer doch besser streichen. Ich habe jetzt schon Schiss vor ihm.»

«Ach, Quatsch. Zusammen falten wir den genauso zusammen wie Schummelius.»

«Ich weiß nicht. Schon die Hühnerfarm ist wahnsinnig gut gesichert. Überall Elektrodraht, Alarmanlagen und Bluthunde. Wir kommen da wahrscheinlich nicht mal aufs Gelände. Geschweige denn an ihn selbst ran.»

«Aber du bist doch der kleine Herr Tod», warf Bengel ein. «Dir kann nichts passieren.»

«Ich weiß, ich weiß», gab der kleine Herr Tod zu. «Aber trotzdem habe ich Angst, fast so schlimm wie Schummelius vor niedlichen Hunden.» Und dann erzählte er Bengel die Geschichte von dem gigantischen «Huhn», das er in Rio gesehen und das ihm einen Riesenschrecken eingejagt hatte. «Das ist ja großartig», rief Bengel, als der kleine Herr Tod geendet hatte. Der sah ihn verständnislos an.

«Großartig? Für mich war das richtig schlimm, und ich schäme mich immer noch, dass ich wegen nichts so in Panik geraten bin.»

«Das meine ich nicht. Oder doch. Irgendwie schon. Ich hab gerade eine Superidee.»

«Eine Superidee?»

«Wie wir mit Zuckmayer fertigwerden – trotz der Bluthunde, den Alarmanlagen und deinem Schiss. Ich schwöre.»

KAPITEL 7

Ein Hühnergott macht Ernst

Wutsch. Die drei Bengels sausten weiter, sausten Goetz Zuckmayer entgegen, immer Richtung Norden. Beim Umsteigen in Duisburg machten sie eine etwas längere Pause, und Bengel kaufte in einem Laden in der Nähe des Bahnhofs einen großen Ballen Stoff.

«Wozu brauchen wir denn so viel Stoff?», wunderte sich der kleine Herr Tod.

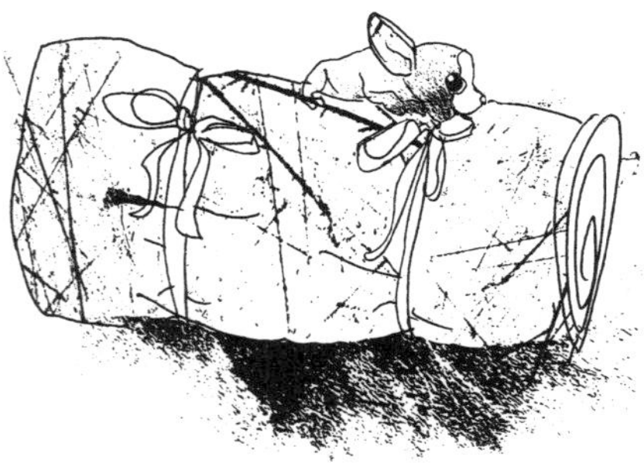

«Ist ne Überraschung. Warte es ab.»

Dabei grinste Bengel geheimnisvoll. Anschließend ging er noch in einen Supermarkt, er wollte etwas zu essen kaufen, während der kleine Herr Tod Zottel Gassi führte.

Am Abend erreichten unsere drei Helden endlich Meppen, die Hauptstadt des Emslands. Bengel musste lachen, als er den Namen der Stadt auf dem Schild am Bahnsteig las.

«Meppen. Wohnen hier nur ...?»

«Sag's nicht, Bengel», fiel ihm der kleine Herr Tod ins Wort. «Das ist ein schlechtes Wortspiel. Bei Hades, Thanatos, Hypnos & Co. mussten wir immer eine Drachme ins Sparschwein schmeißen, wenn wir so was aussprachen.»

Der kleine Herr Tod dachte kurz nach.

«Obwohl die Gegend hier wirklich sehr komisch ist. Im Emsland wohnen dreihundertzwanzigtausend Menschen, aber vierzig Millionen Hühner.»

Bengel rechnete schnell nach.

«Das heißt, jeder Mensch hier hat hundertfünfundzwanzig Hühner zu Hause?»

«Oh Mann, Bengel, natürlich nicht. Zuckmayer hält zum Beispiel mindestens ein paar hunderttausend Hühner. Andere Emsländer haben dafür überhaupt kein Federvieh.»

«Verstehe. Und wo wohnt dein Zuckmayer jetzt?»

«Von hier aus einige Kilometer Richtung Osten. Aber musst du nicht erst mal ausruhen?»

«Quatsch», entgegnete Bengel selbstbewusst. «Ich fühl mich super. Das ziehen wir jetzt durch.»

Wild entschlossen marschierten die drei Bengels vom Bahnhof los. Das Problem war allerdings, dass es inzwischen längst dunkel geworden war und sich der kleine Herr Tod gar nicht so gut auskannte, wie er immer behauptet hatte. Als Erstes verliefen sich die drei in der Altstadt von Meppen.

«Puh», stöhnte Bengel, als sie zum dritten Mal die Fußgängerzone mit ihren vollverklinkerten Häusern passierten, «hier sieht's ja schlimmer aus als in den *Torture Fields*, von denen Pig Destroyer singen.»

Dann fanden sie endlich aus der Stadt heraus und irrten über plattes Land, über abgeerntete Felder mit gefrorenem Boden und durch kleine Wäldchen.

«Tut mir leid», entschuldigte sich der kleine Herr Tod, «ich habe diese Gegend immer nur aus der Vogelperspektive gesehen. Von oben ist die Welt deutlich einfacher.»

Nach einer viel zu langen Weile stießen sie endlich auf einen kleinen Fluss, über dem dichter Nebel waberte.

«Ah, jetzt weiß ich wieder. Das ist die Hase. Wenn wir an ihr flussaufwärts gehen, sollten wir bald bei Zuckmayer sein.»

«Komisch», meinte Bengel. «Ein Fluss, der Hase heißt, im Hühnerland. Ich hätte den ja Huhn, Hahn oder Henne genannt.»

Das Nervige an der Hase war, dass sie in großen Schleifen verlief, sodass die Bengels zwar viel marschierten, aber kaum vorwärts kamen. Also versuchten sie an einer Schleife, den Weg abzukürzen, und verliefen sich prompt wieder. Inzwischen war es kurz vor Mitternacht, und es wurde immer kälter.

Auch wenn der kleine Herr Tod gar keine Kälte spüren konnte, begann er zu jammern: «Ich glaube, diese Mission steht wirklich unter keinem guten Stern. Können wir das hier nicht einfach sein lassen?»

In dem Moment sah Bengel in der Ferne einen kleinen roten Punkt. Jetzt gingen sie doch noch ein bisschen weiter. Der Punkt entpuppte sich bald als rotes Neonhuhn, das auf einer hohen Stange montiert war.

«Das gibt's doch nicht: Zuckmayers Logo. Wir sind da», flüsterte der kleine Herr Tod heiser.

Vorsichtig wie Indianer auf dem Kriegspfad schlichen sie sich näher heran. In der Dunkelheit lag die Hühnerfarm da wie ein langgestrecktes Ufo, das von allen Seiten von gewaltigen Bogenlampen angestrahlt wurde. Bengel schluckte. So riesig hatte er sich das alles nun doch nicht vorgestellt.

«Heute kommen wir da nicht mehr rein», entschied er, nachdem er einen kurzen Blick auf die Sicherheitsanlagen geworfen hatte. Er sah sich nach allen Seiten um. Dabei entdeckte er einen kleinen Holzschuppen am Ende einer großen Wiese.

«Dahinter verbirgt sich bestimmt eine von Zuckmayers teuflischen Fallen», warnte der kleine Herr Tod. Bengel wollte den Schuppen trotzdem unter die Lupe nehmen. Als er mit einem langen Stock ganz vorsichtig die Tür aufstieß, rechnete er schon fast damit, dass etwas darin explodieren würde. Stattdessen aber blickte er auf ein großes, dunkles Maul, aus dem ein langgezogenes «Muuuuuöööööh» ertönte. Es gehörte einer von fünf Kühen, die im Stroh des Schuppens auf dem Boden lagen und eine wohlige Wärme ausstrahlten.

«Super», flüsterte Bengel. «Das sind genau die fünf Gäste, die zu meiner Party noch fehlen.»

«Party?», wiederholte der kleine Herr Tod und sah Bengel an, als hätte der gerade einen bipolaren apokalyptischen Reiter verspeist. «Bist du völlig verrückt geworden?»

«Nicht die Bohne», antwortete Bengel und zauberte eine Flasche Schampus aus dem Rucksack.

Jetzt kriegte der kleine Herr Tod erst recht die Krise.

«Alkohol? Du bist doch noch ein Kind!»

«Nicht mehr», antwortete Bengel strahlend. «Ich bin heute vierzehn geworden. Damit bin ich praktisch erwachsen und *atb*.»

«Was für n Ding?»

«Alkoholtrinkberechtigt.»

«Herzlichen Glückwunsch. Aber was ist mit deiner Krankheit?»

«Wurscht. Wahrscheinlich ist das sowieso mein letzter Geburtstag. Da will ich wenigstens noch einmal auf die Pauke hauen.» Das musste auch der kleine Herr Tod einsehen. Also feierten sie, wenn auch ganz, ganz lei-

se. Bengel und er stießen mit dem Schampus in Plastikbechern an, und Zottel durfte ein bisschen Prickelbrause aus der Kuhtränke schlabbern. Später spielte Bengel ganz leise «Chainsaw Lullaby» von Bloodbath auf dem Handy, und Zottel tanzte dazu beschwipst durchs Stroh.

Die Kühe growlten: «Möööh. Möööh. Möööh.»

«Hey, ich glaube, die Kühe sind verkappte Metaler», meinte Bengel, und der kleine Herr Tod gab zurück: «*The Udders of Satan* wäre auch ein toller Name für ne Band.»

Und so quatschten, tanzten und möhten sie die halbe Nacht lang, bis endlich alle müde wurden.

«Nur schade», dachte der kleine Herr Tod vorm Einschlafen, «dass Lydia nicht hier ist. Dann würde sie mal sehen, was für ein abenteuerlustiger Typ ich bin.»

Auch Bengel wurde irgendwie ganz wurpselig. Er dachte an seine Eltern: «Ob die wohl traurig sind? Und was die wohl heute ohne mich machen?» Ein bisschen schlechtes Gewissen hatte er schon, weil er einfach aus dem Krankenhaus abgehauen war. Trotzdem murmelte er kurz vorm Wegnicken: «Wahrscheinlich war das der schönste Geburtstag meines Lebens.»

Als die drei Bengels am nächsten Morgen ganz früh aufwachten, hatten die Tiere im Stall sich verdoppelt, denn jeder von ihnen hatte einen leichten Kater. Zum Glück verschwanden die unerwünschten Katzenviecher, als die Freunde hinaus an die frische Luft traten. Vorsichtig pirschten sie sich wieder an Zuckmayers Hühnerhof heran.

Puh, dachte Bengel, der kleine Herr Tod hatte in seinen Erzählungen wirklich nicht übertrieben. Schon von weitem roch man den scharfen Ammoniakgestank, der von den Hühnerställen ausging. Die hatten überhaupt keine Ähnlichkeit mit den Hühnerhöfen auf den Bildern, die immer auf den Eierkartons abgedruckt waren. Sie sahen aus wie gigantische

Fabrikhallen, die endlose blaue Wellblechdächer bedeckten. Große LKWs fuhren ohne Unterbrechung ein und aus.

«Hier werden die Hühner nur gemästet», erklärte der kleine Herr Tod fachmännisch, «geschlachtet werden sie in Meppen. 3,33 Hühnchen pro Sekunde, 23 976 Stück pro Stunde, 384 000 Stück am Tag oder genau 119 808 Millionen Hühner im Jahr. Nur in dieser Schlachtfabrik. Und ich muss sie alle liften.»

«Megahammer», entfuhr es Bengel. «Und wozu ist das scheußliche Haus da ganz hinten da?» Er zeigte auf ein verklinkertes Gebäude mit Türmchen, Balustraden und verschnörkelten Säulen vor dem Eingang, das etwas abseits stand.

«Das ist Zuckmayers Villa.»

Umgeben war das ganze Gelände von furchteinflößenden Sicherheitsanlagen, die jetzt bei Tageslicht erst richtig zur Geltung kamen. In einen großen Eisengitterzaun war Stacheldraht hineingeflochten, dahinter folgten ein Wassergraben und ein weiterer Zaun, auf dem obendrein noch ein feiner Draht gespannt war, der wahrscheinlich unter Strom stand. Und zwischen dem Zaun und dem Wassergraben liefen Zuckmayers Bluthunde frei herum: Pitbulls mit roten Augen und einem riesigen Gebiss. Als er einen aus der Ferne erblickte, wetzte Zottel sofort mit eingekniffenem Schwanz davon.

«Tja, so sehen Hühnerbauernhöfe heutzutage aus. Siehst du jetzt ein», fragte der kleine Herr Tod, «dass es keinen Zweck hat? Am besten, wir machen gleich wieder die Biege.»

«Nicht schlecht, Herr Specht», sagte Bengel, ließ sich aber nicht ins Bockshorn jagen. Mit seinem Handy machte er eine ganze Reihe Fotos von den Zäunen und dem Tor. Plötzlich sah er, wie sich die Tür zu Zuckmayers Villa langsam öffnete. Ein massiger Kerl mit einem kugelrunden, gelblichen Glatzkopf kam heraus. In seinem Mund hatte er eine Pfeife hängen, aus der kleine Rauchwölkchen aufstiegen. Während der Mann langsam zu den Ställen schlurfte, wurde der kleine Herr Tod noch leichenblasser, als er es von Natur aus schon war.

«Zuckmayer», flüsterte er Bengel heiser zu. «Lass uns sofort abhauen.»

«Okay», gab Bengel zurück, als er sah, wie viel Angst der kleine Herr Tod hatte. Beide gingen langsam zu Boden und robbten ganz vorsichtig zum Kuhstall zurück.

«Mach dir keine Sorgen», beruhigte hier Bengel den kleinen Herrn Tod. «Heute Abend marschieren wir da ohne Probleme rein.»

«Wie soll'n das gehen?», fragte der kleine Herr Tod.

Bengel zog ein großes Bündel aus dem Rucksack, den er im Stall abgestellt hatte.

«Das ist unsere Lösung», sagte er.

«Der Stoff, den du in Duisburg gekauft hast? Was sollen wir denn damit?»

Bengel kramte noch ein Etui mit Nähnadeln heraus und zeigte dem kleinen Herrn Tod ein zerknittertes DIN-A4-Blatt. Auf das war etwas gekritzelt, das wie ein Schnittmuster aussah.

«Aha, und was soll das werden?»

«Abwarten», sagte Bengel nur.

Dem kleinen Herrn Tod ging das dauernde «Abwarten» langsam auf den Zeiger. Andererseits gefiel ihm aber, dass Bengel endlich mal die Initiative ergriffen hatte. Und er alleine wäre sowieso schon längst stiften gegangen. Deshalb tat der kleine Herr Tod einfach, was Bengel ihm sagte, ohne sich darum zu kümmern, was es war.

In den nächsten Stunden nähten und nähten die beiden Freunde Stoffbahn um Stoffbahn zusammen, bis am Ende etwas auf der Wiese lag, das wie ein Bettbezug für den Mond aussah. Bengel schnappte sich mehrere dicke Eddings und malte zwei schwarze Kreise, eine Art rotes Hütchen und ein gelbes Dreieck auf den Stoff. Dann betrachtete er das Ganze von weitem: «Ausgezeichnet. Heute Abend greifen wir an.»

«Damit?», fragte der kleine Herr Tod zweifelnd, wusste aber schon, was als Antwort kommen würde. Und yes, da kam sie:

«Wart's nur ab!»

Als die Sonne unterging, drehte Zuckmayer immer noch seine Runden durch die Ställe. Dabei krächzte er mit brüchiger Stimme sein Lieblingslied: «‹Zicke, zacke, Hühnerkacke – hoi, hoi, hoi›. Na, wie gefällt euch das, meine Lieben?»

Der Hühnertycoon sah sich seine Hühner wohlgefällig an. «Ha, ha, wunderbar, wie dreckig es euch geht. Und soll ich euch was sagen? Morgen werdet ihr in einer noch schlechteren Verfassung sein. Und übermorgen, ha, ha, ha, werden viele von euch gar nicht mehr erleben.» Dann stapfte er zufrieden in seine architektonisch verunglückte Villa zurück. Hier setzte er sich gemütlich in sein müffelndes Wohnzimmer und schob zum Feierabend eine DVD in den Recorder: «Vom Fleisch zum Abfall: das Hähnchenschnitzel im Wandel der Geschichte». Zwischendurch stopfte er immer wieder seine Pfeife nach, die besonders gut stank, weil der Tabak den Ammoniakgeruch der Ställe angenommen hatte. «Was für ein Aroma», murmelte Zuckmayer in seinen nicht vorhandenen Bart, «man schmeckt geradezu die Angst der Hühner. Zicke, zacke ...» Genau in diesem Moment größter Zufriedenheit ging der Fernseher aus, und es wurde dunkel.

«Potzblitz», grummelte Zuckmayer und leuchtete sich mit der Glut seiner Stinkepfeife den Weg zum Fenster. Er hatte keine Ahnung, weshalb der Strom auf dem ganzen Hühnerquälereigelände ausgefallen war. Auch draußen war es zappenduster. Nur in der Ferne, außerhalb seines Hofs, sah er jetzt ein kleines Feuer glimmen.

An diesem Feuer, aber das konnte Zuckmayer nicht sehen, stand der kleine Herr Tod und leitete durch eine Stoffröhre heiße Luft in das Mondbettlaken. Auf Bengels Konto ging die Dunkelheit. Mit einer Heckenschere hatte er eine Leitung am Trafohäuschen vor dem Anwesen durchgeknipst. Gut, das war nicht die feine englische Art, aber bei Goetz Zuckmayer handelte es sich ja nun auch nicht gerade um einen tadellosen Gentleman.

Durch den Stromausfall war das schwer gesicherte elektrische Tor der Hühnerfarm aufgegangen, und durch dieses Tor marschierten jetzt die drei Bengels ganz entspannt aufs Gelände, ganz so, wie es Bengel versprochen hatte. Im selben Augenblick ging auch der Vollmond auf in seiner ganzen Pracht. So konnte der kleine Herr Tod endlich erkennen, was er da auf Bengels Angaben hin zusammengenäht hatte. Es war ein großer, jetzt mit heißer Luft gefüllter Ballon, der hoch in der Luft stand. Bengel führte ihn an einer zehn Meter langen Schnur spazieren.

«Heiliger Bimbam», entfuhr es dem kleinen Knochenmann. «Das ist ja ein riesiges Huhn! Mit großen Augen, einem gelben Schnabel, einem roten Kamm und dem roten Zeugs, was Hühnern immer an den Backen herunterhängt.»

«Gut erkannt», rief Bengel. «Um genau zu sein: Das ist Superhuhn. Der Rächer aller gequälten und abgemurksten Küken, gefolterten Brathähnchen und malträtierten Suppenhühner.»

«Du bist voll das Genie. Für diese Idee hättest du den goldenen Sargnagel verdient. Mindestens.»

«Eigentlich ist es ja deine», sagte Bengel. «Das mit dem Ballon ist mir eingefallen, als du mir von deinem eingebildeten Riesenhuhn in Rio erzählt hast, vor dem du Megaschiss bekommen hast.»

Das letzte Hindernis auf dem Weg zu den Hühnerställen waren die Bluthunde, die sich sofort auf unsere drei Helden stürzten, als sie durch das offene Tor traten. Doch auch dafür hatte Bengel vorgesorgt. Er holte etwas Längliches aus seinem Rucksack und warf es den Pitbulls hin. Ohne viel Federlesen schlangen sie es hinunter und schliefen fünf Sekunden später ein. Ein Pittbull wollte noch auf sie losgehen, wurde aber mitten im Sprung vom Schlaf übermannt und fiel wie ein nasser Sack zu Boden.

«Das klappt ja primstens.» Bengel freute sich. «Die Wurst hat Zottel gestern noch beim Schlachter geklaut. Und ich habe ein bisschen was von meinen Morphium-Vorräten aus der Klinik draufgeträufelt.»

In der Zwischenzeit war auch Zuckmayer aus seiner Stinkevilla wieder zu den Ställen hinübergelaufen, um nachzusehen, was dort abging. Als er jetzt nach oben guckte, traf ihn fast der Schlag. Über ihm schwebte ein Riesenhuhn. Und es sang auch noch mit einer Stimme, die direkt aus der Hölle zu kommen schien. Erst konnte er den Text nicht verstehen, doch bei der dritten Wiederholung kapierte er, dass das Monsterhuhn da oben ihn meinte.

Goetz, wös höst dö blöß götön?
Wö sönd mönö Kökön?

Goetz, dönö lötztö Stöndö bröcht jötzt ön:
Öch wöll auf dür brötön!

Die Stimme gehörte Bengel, der das Lied a cappella sang, weil keine Zeit gewesen war, es mit den beiden anderen zu üben. Und sie hörte sich so besonders höllisch an, weil Bengel als Megaphon eine verrostete alte Milchkanne benutzte, die er im Kuhstall gefunden hatte. Zuckmayer aber kriegte das natürlich nicht auf die Reihe, sondern stattdessen einen Wahnsinnsschiss. Er fiel auf die Knie und fing an zu beten:

«Verschon mich bitte, du großer, allmächtiger Hühnergott. Es war doch alles gar nicht so gemeint. Ich bin nur ein Rädchen im Getriebe. Eigentlich liebe ich meine Hühner.»

Bengel konnte fast nicht weitersingen vor Lachen.

«Wösst dö, wös Ördönö zöm Jörgön dör Ögöntlöchköt gösögt höt?»

Zuckmayer verstand kein Wort und jammerte einfach weiter.

«Oh, großer Hühnergott, was kann ich denn bloß tun, um deinen Zorn zu besänftigen?»

«Löss dö Höhnö fröh!», grölte Bengel. «Önd stöll dönen Bötröb auf Söjö-Önbö öm!»

«Auf was?»

«Soja-Anbau», wiederholte Bengel deutlicher.

«Ach, Soja. Das hatte ich alles sowieso vor. Ich schwöre. Hier der Beweis, dass ich's ernst meine.» Zuckmayer sprang auf, rannte zum Haupttor der Hühnerställe und riss es auf.

«Sieh nur, großer, allmächtiger Hühnergott. Hier sind deine Hühner. Alle noch da. Guck doch nur. Keinem ist was passiert.»

Und mit diesen Worten versuchte er, die Hühner ins Freie zu scheuchen.

«Lauft, meine geliebten Hühnchen, lauft.»

Doch das klappte nicht so recht, was an der Verfassung der Hühner lag.

«Das ist ja voll die Horrorshow», rief Bengel geschockt, «*The Walking Dead* ist eine Kinderserie dagegen.»

Tatsächlich sahen die Hühner aus wie Zombies. Viele hatten keine Federn mehr, manchen fehlte ein Auge, und richtig laufen konnte eigentlich keines. Alle humpelten in Zeitlupe dem Ausgang zu, stolperten, krochen oder torkelten.

«Menno, das werden ja immer mehr. Das müssen ja Millionen sein», staunte Bengel.

«Millionen nicht gerade, aber ein paar hunderttausend sind es schon», berichtigte der kleine Herr Tod.

«Jetzt schnalle ich erst wirklich, warum du es in deinem Job nicht mehr ausgehalten hast. Voll der Megastress, das alles hier.»

Den hatte allerdings im Moment nur Zuckmayer. Weil die Hühner kaum von der Stelle kamen, lief er in den Stall hinein, fuchtelte wild mit den Armen und schrie wie ein Berserker: «Zicke, zacke, zicke, zacke – lauft, lauft, lauft.»

Dabei merkte er gar nicht, dass die Zombiehühner jetzt überhaupt nicht mehr Richtung Ausgang strebten, sondern langsam einen Kreis um ihn schlossen. Immer enger wurde der, und zehntausende von Hühneraugen starrten ihn hasserfüllt an.

«Mag sein, dass ich mich täusche», bemerkte der kleine Herr Tod, «aber irgendwie habe ich den Eindruck, dass die Hühner nicht besonders gut auf Zuckmayer zu sprechen sind.»

«Mich deucht, du könntest recht haben. Aber sag mal: Wo steckt eigentlich Zottel?»

Die beiden Freunde sahen sich nach allen Seiten um, doch nirgends war eine Spur des klitzekleinen Chihuahua zu entdecken.

«Ich habe ihn zum letzten Mal gesehen, als uns die Pittbulls angriffen», meinte der kleine Herr Tod.

«Mist, das ist schon eine Weile her. Aber spitz mal deine Ohren. Hörst du das auch?»

Tatsächlich war durch das ganze Zicke-Zacke-Gebrülle und Gegackere ein feines Bellen zu vernehmen. Es klang weit weg und irgendwie verzweifelt.

«Ich glaube, ein Gründungsmitglied unserer Band braucht dringend unsere Hilfe», sagte der kleine Herr Tod.

«Dann zischen wir mal ab. Zuckmayer ist sowieso erledigt.» Bengel ließ die Schnur des Ballons los, und das Riesenhuhn entschwebte in den Nachthimmel. Zuckmayer starrte ihm durch die Stalltüre voller Panik nach.

«Großer Hühnergott, oh nein. Lass mich bitte nicht allein mit deinen Hühnern.»

Doch auf sein Flehen gab es jetzt keine Antwort mehr.

Bengel und der kleine Herr Tod hatten die Beine so kräftig in die Hand genommen, dass sie bereits etliche Steinwürfe von Zuckmayers Hof entfernt waren. Das Letzte, was die beiden hörten, war ein ziemlich fieser Schrei. Er klang fast so wie das Gegrowle in «Feeding the Undead» von Bloodbath und ging ihnen durch Mark und Bein.

«Ich vermute», sagte der kleine Herr Tod, «Zuckmayer hat gerade Besuch vom alten Herrn Hades bekommen.»

«Und ich vermute, er hatte nicht viel Freude mit seinem Gast», erwiderte Bengel.

KAPITEL 8

Am Tintenfluss

Der kleine Herr Tod und Bengel rannten durch die Nacht. Sie rannten immer weiter Zottels Bellen nach. Aber es war wie verflixt. Mal war das Bellen hier, mal war es dort. Mal klang es sehr laut, dann wieder ganz, ganz leise. Mal schien Zottel direkt um die Ecke zu sein, mal kilometerweit entfernt. Aber immer klang das Bellen irgendwie ängstlich; so, als ob der kleine Chihuahua in großer Gefahr sei.

Je weiter die beiden Freunde rannten, desto mehr veränderte sich die Umgebung. Erst fiel Bengel auf, dass der Boden unter seinen Füßen nicht mehr gefroren war, dann, dass man gar keine Häuser mehr sah.

«Hast du das gemerkt?», fragte er keuchend den kleinen Herrn Tod. «Keine Häuser mehr, keine Zäune, nicht einmal mehr ein Stromleitungsmast.»

«Nun ja, es ist halt das Emsland», meinte der kleine Herr Tod. «Alles ein bisschen unterentwickelt hier.»

Kurz darauf gerieten sie in einen Wald, in dem sehr hohe Bäume standen. Aus ihm heraus hörten sie das Bellen. Als die Freunde tiefer und tiefer in den Wald hineinliefen, waberte ihnen auch noch Nebel entgegen. Bald war der so dicht wie in dem Horrorfilm «The Fog – Nebel des Grauens», den Bengel neulich in der Klinik noch gestreamt hatte. Man konnte seine Hand kaum vor den Augen sehen, geschweige denn den Weg.

«Ich bin dafür, die Suche abzubrechen», schlug der kleine Herr Tod vor. «Vielleicht ist Zottel gar nicht in Gefahr? Kann doch sein, dass er zu seinem eigentlichen Herrchen zurückläuft, oder, äh, zu seinem Frauchen.»

«Hallo? Hast du mir nicht erzählt, dass er dir auf einem Festival in Brasilien zugelaufen ist?»

«Stimmt.»

«Und jetzt läuft er dahin zurück? Über den Atlantik, oder was?»

«Gut, ein normaler Hund könnte das wahrscheinlich nicht. Aber Zottel scheint mir kein normaler Hund zu sein.»

«Logisch. Welcher Hund kann schon Schlagzeug spielen? Aber sonst …?»

«Hab ich so im Gefühl.»

«Mir egal. Wir suchen trotzdem weiter. Ein Death-Metal-Band-Mitglied lässt ein anderes nicht im Stich.»

Also liefen Bengel und der kleine Herr Tod so lange weiter, bis es nicht mehr weiterging, weil ihnen ein Fluss den Weg versperrte. Der Fluss war sicher nicht die Hase und hundertpro auch nicht die Ems, nach der das ganze Emsland benannt ist. Dafür war er viel zu groß. Er war so breit, dass man von einem Ufer das andere nur sehr undeutlich erkennen konnte, und das, obwohl jetzt gerade die Sonne aufging. Dass die Freunde nicht mehr weiterkamen, war sogar ganz gut, denn Bengel ging die Puste aus.

«Ey, Moment mal», sagte er keuchend. «Ich fühl mich etwas groggy.» Dann ging er in die Knie und kotzte in den Fluss. «Tut mir echt leid», sagte er, als er fertig war. «Das waren vielleicht doch ein bisschen viel Abenteuer.»

Der kleine Herr Tod tat so, als habe er Bengels Gekotze gar nicht mitgekriegt. Und um von der ein bisschen peinlichen Situation abzulenken, überlegte er, was er Bengel fragen konnte. Ihm fielen seine Eltern ein.

«Du erzählst gar nichts von deiner Mama und deinem Papa. Kannst du die nicht leiden?»

«Quatsch», sagte Bengel. «Natürlich mag ich die. Sind doch meine Eltern.»

«Also habt ihr keine Probleme miteinander? Weißt du, als kleiner Herr Tod kriegt man einiges mit, auch über die Kollegen. Ich dachte, vielleicht ...?»

«Keine richtig echten Probleme, nein», antwortete Bengel stockend. «Nur: Immer wenn sie mich in der Klinik besucht haben, haben sie am Ende rumgeheult. Das habe ich irgendwann nicht mehr ausgehalten. Und das war schließlich noch ein Grund, weshalb ich abgehauen bin.»

«Und was machen deine Eltern jetzt?»

«Das frage ich mich auch schon die ganze Zeit. Wahrscheinlich suchen sie mich von morgens bis abends.»

«Das glaub ich auch. Dann geht es ihnen wahrscheinlich nicht so gut, oder?», sagte der kleine Herr Tod leise.

«Was soll ich denn machen», rief Bengel verzweifelt. «Ich sterbe eben. Das kann ich nicht ändern. Klar, ich bin total dagegen. Aber hallo: Die ganze Heulerei nützt doch nichts. Sie zieht mich nur runter.»

Bengel machte eine lange Pause und sah dabei den kleinen Herrn Tod nicht an. Dann holte er tief Luft: «So, jetzt aber genug von diesem Depri-Thema.»

Er drehte seinen Kopf in den Wind und lauschte angestrengt.

«Sag mal: Hörst du noch was von Zottel?»

Der kleine Herr Tod lauschte ebenfalls.

«Nee. Wirklich. Kein Bellen mehr. Sag ich doch: Der ist zu seinem Herrchen zurückgelaufen.»

«Oder Frauchen», ergänzte Bengel spöttisch. «Ich glaube das aber immer noch nicht. Vielleicht ist er ja auf der anderen Seite?»

Bengel deutete auf den Fluss.

«Ach, und wie soll er da bitte rübergekommen sein?»

«Sagte vorhin nicht jemand, Zottel sei kein normaler Hund? Ich schlage vor: Wir sehen mal nach.»

Er zeigte auf ein Floß aus dicken Baumstämmen, das irgendjemand am Ufer an einen Baum gebunden hatte.

«Ich glaube», wandte der kleine Herr Tod ein, «das ist im Moment ein bisschen zu riskant.»

«Ich geb dir gleich riskant», rief Bengel übermütig und schubste den kleinen Herrn Tod auf die Planken. Dann machte er die Leine los, mit der das Floß festgebunden war, und sprang hinterher.

Der Fluss schien jetzt, vom Floß aus betrachtet, noch breiter, und das Wasser war so dunkel, als ob einer eimerweise Tinte reingeschüttet hätte. Außerdem stieg von der Wasseroberfläche Nebel auf, wie von Trockeneis, so richtig wabernd. Das Wasser war ganz still und bewegte sich kaum. Doch irgendetwas zog sie wie an einem Faden ganz langsam in die Mitte, wo sie allmählich weiter flussabwärts glitten. Am anderen Ufer waren jetzt hohe Berge mit großen Höhlen darin auszumachen. Sie sahen ein bisschen aus wie die Berge in «Halo 3». Irgendwie war alles voll abgefahren. Bengel hatte jedenfalls eine solche Landschaft noch nie in echt gesehen.

«Weißte, wo wir sind?», fragte er neugierig.

Das wusste der kleine Herr Tod allerdings. «Es ist langsam mal an der Zeit», dachte er, ihm das zu sagen. Er holte tief Luft:

«Das ist hier mehr oder weniger auch mein Arbeitsplatz.»

«Wie?», rief Bengel geschockt.

«Kannste nicht lesen?», fragte der kleine Herr Tod, vielleicht eine Idee zu barsch. «Steht doch alles drüber.»

Jetzt, wo er es sagte, sah Bengel es auch: «Hühnerhölle», stand auf einem Schild über dem ersten Höhleneingang, «Hühnerhimmel» über dem zweiten.

«In die Hölle kommen die doofen Hühner, in den Himmel die klugen. Der Himmel steht praktisch leer», erklärte der kleine Herr Tod.

Bengels Augen wurden immer größer, bis sie ihm fast aus dem Kopf fielen.

«Ein bisschen weiter flussabwärts kommen dann die Katzenhölle und der Katzenhimmel, danach die Hundehölle und der Hundehimmel, und so geht das immer weiter. Und siehst du die ganz hohen Berge dahinten? Das ist der Himmel und die Hölle für Giraffen.»

«Das bedeutet also: Wir sind hier jetzt im Totenreich?», fragte Bengel, und dabei klang seine Stimme ein bisschen zittrig.

«Noch nicht direkt», sagte der kleine Herr Tod. «Das Totenreich oder die Unterwelt fängt erst auf der anderen Seite an. Der Fluss, auf dem wir fahren, heißt Styx. Er trennt die Welt der Toten von der Welt, in der die Tiere und die Menschen leben.»

«Wir sind also schon fast da. Sag mal, du hast mich doch nicht etwa reingelegt?»

«Wie bitte?», rief der kleine Herr Tod empört. «Wer wollte denn unbedingt mit dem Floß fahren?»

Damit hatte der kleine Herr Tod natürlich recht, das musste Bengel einsehen. Nachdem er sich wieder gefangen hatte, fragte er: «Und wo ist jetzt dein Arbeitsplatz?»

«Das Verwaltungshochhaus von Hades, Thanatos, Hypnos & Co. steht am Rande des großen Sumpfes, wo die fünf Flüsse der Unterwelt zusammenfließen.»

«Und ist das nun ein Himmel oder eine Hölle?»

«Weder noch. Die Unterwelt umfasst beides, also die ganzen Höllen und Himmel, und wir in der Firma sind selbstverständlich streng neutral.»

Das Floss driftete weiter ganz langsam den Styx hinunter, und jede Menge weitere Himmel und Höllen glitten vorbei. Vor einigen waren typische Accessoires aufgestellt, sodass man gleich wusste, welche Tiere drinnen waren. Vor den Biberhimmelhöllen stand ein halb durchgenagter Baum, vor denen für Pferde war ein Giganto-Hufeisen aufgestellt und vor den letzten Bleiben der Spinnen ein Riesennetz, in dem künstliche Tautropfen in allen Regenbogenfarben blinkten.

Es hörte gar nicht mehr auf mit den ganzen Himmelhöllen. Aber eigentlich war das ja klar, bei den vielen verschiedenen Tierarten, die es gibt oder natürlich auch früher mal gegeben hat. Irgendwann wurden dann die Berge auf der Totenreichseite flacher. Jetzt sah die Landschaft mehr aus wie in diesem «Planet der Affen»-Film, der nur im Wald spielt. Viele große Nadelbäume, über denen dichte Wolken hingen. Damit verschwanden auch die Höhlen, und stattdessen tauchten am Flussufer große Holztore auf. Sie sahen aus wie der Eingang zum Jurassic Park, so mit Fackeln oben und an der Seite.

«Hier beginnen die Himmelhöllen der Primaten. Die erste da vorne», der kleine Herr Tod zeigte auf ein sehr kleines Tor, «ist der Himmel für Mausmakis, daneben die Mausmakihölle. Die ist übrigens voller, weil die Mausmakis so niedlich sind, denn allzu große Niedlichkeit wird nach dem Tod leider bestraft. Das geht dann so weiter, die ganze Hierarchie der Primaten hoch beziehungsweise den Styx runter: über die Plumploris, die Paviane, Mandrills und Kleider-, Nasen und Stummelaffen bis hin zu den Gibbons, Orang-Utans, Bonobos, tja, und schließlich auch zu den Menschen.»

Bengel schluckte nur. Und staunte. Und schluckte. Und staunte und schluckte noch mehr, als endlich die Himmelhöllen für die Menschen vorbeizogen. Hier hatten alle möglichen Gruppen ihre eigenen, wobei Bengel grübelte, wie diese wohl zustande gekommen waren. Manchmal schien der Beruf der Toten entscheidend zu sein, wie bei den Himmelhöllen für Zahnärzte, Eisverkäufer, Seeleute, LKW-Fahrer usw.; bei anderen – wie denen für Dummschwätzer, Vollidioten und Angeber – ging es offenbar mehr um ihre Eigenschaften.

«Wer wohin kommt», erklärte der kleine Herr Tod, «entscheidet sich danach, ob im Leben der Gestorbenen eher der Charakter oder der Beruf im Vordergrund gestanden hat. Bei manchen Berufen ist es natürlich von vornherein klar. Talkshowmoderatoren, die meisten Politiker oder auch Schreiber von Beziehungskolumnen zum Beispiel kommen ruckizucki in die Dummschwätzerhölle; Porsche- und SUV-Fahrer in die für Vollidioten oder Angeber und so weiter und so fort.»

«Ja, das ist sinnvoll», gab Bengel zu und zeigte dann auf ein bestimmtes Tor. «Aber wieso gibt es keinen Himmel für Immobilienmakler?» Der kleine Herr Tod sah Bengel an, als sei er ein benzinverbrennendes Auto:

«Weil die selbstverständlich alle in die Hölle kommen. Das weiß doch wohl jedes Kind.»

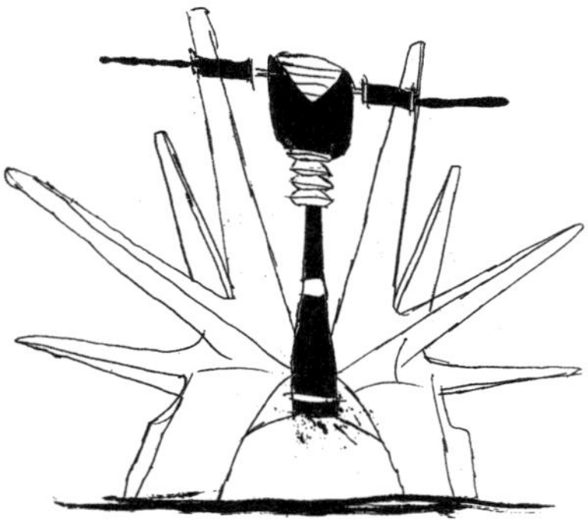

Bengel schwieg wieder und bestaunte die schön gearbeiteten Tore vor jedem Himmel und jeder Hölle. In die der Bauarbeiter waren fein ziselierte Presslufthämmer eingearbeitet, in die der Angeber das Vogellogo von Twitter, und die Tore der Winzer, Brauer und Schnapsbrenner zierten zerfressene Zirrhose-Lebern kurz vor dem Exitus. Auf dem Tor direkt daneben waren klassische Mikrophone auszumachen, doch auf dem Schild stand nichts.

Der kleine Herr Tod erläuterte: «Das ist der Himmel der Popstars. Kein Schild, wegen der Paparazzi. Seit der Ankunft von David Bowie ist im Himmel allerdings die Hölle los. Marc Bolan und Lou Reed streiten sich mit ihm darum, wer der Größte ist. Ist ja auch schwer zu entscheiden.»

«Und das da?» Bengel zeigte aufgeregt auf ein Tor, in das wunderbare Monsterköpfe eingraviert waren, die Arme und Beine fraßen. Es war tiefrot angestrahlt. «Da steht *Metal-Action-Himmel* auf dem Tor», rief er. «Was geht denn da so?»

«So einiges», sagte der kleine Herr Tod und grinste. «Willste mal gucken?»

Bengel wollte schon vom Floss an Land springen, zögerte aber und sah den kleinen Herrn Tod misstrauisch an.

«Ist schon in Ordnung», sagte der. «Das ist nur ein Schnupperangebot. Du kommst auf jeden Fall wieder zurück auf die andere Seite.»

«Deal», rief Bengel und sprang.

KAPITEL 9

Im Metal-Action-Himmel

Der Metal-Action-Himmel war wirklich nicht von Pappe. Als Bengel davorstand, ging das große Tor mit einem lauten Knarren langsam auf. Dahinter sah es erst mal tatsächlich so aus wie in «Jurassic Park»: Riesenbäume, Schlingpflanzen, alles voll dschungelmäßig. Das heißt: So ganz genau war das nicht zu erkennen, ja Bengel konnte kaum seine Hand vor Augen richtig sehen. Nur in der Ferne war am Himmel ein rotorangenes Glühen auszumachen. Zur Dunkelheit gesellte sich eine schwüle Hitze, und über allem lag ein tiefes Growlen, das klang wie aus der Kehle eines gewaltigen Tiers. Erst als sich Bengels Augen an die Düsternis gewöhnt hatten, konnte er mitten in dem grünen Salat etwas identifizieren, das einen eckigen, festen Umriss zu haben schien. Als die beiden Freunde näher kamen, entpuppte sich das Etwas als der Endbahnhof einer Magnetschwebebahn. Hier wartete schon ein Zug.

Kurz entschlossen stiegen die beiden die Treppe zum Bahnsteig hoch. Die Türen des Waggons standen offen.

«Meinst du ...?», fragte Bengel dann doch. «Auf jeden Fall», antwortete der kleine Herr Tod. «Oder siehst du hier irgendwo andere Passagiere?»

Als sie sich in den Waggon an der Spitze des Zuges setzten, kam Bengel alles irgendwie bekannt vor.

«Wow. Ein Panoramawagen. Der sieht ja genauso aus wie der am

Anfang von «Hunger Games», in dem Katniss und Peeta nach Panem fahren.»

«Aus diesem Film hat der gestresste Metal-Action-Himmel-Architekt das Design wahrscheinlich auch geklaut», meinte der kleine Herr Tod, der sich mit den Problemen der Unterweltarchitektur auskannte.

«Toll. In so was wollte ich immer schon mal fahren», freute sich Bengel. Kaum hatte er den Satz ausgesprochen, setzte sich der Zug auch schon in Bewegung.

Eine Landschaft wie die, durch die der Zug jetzt lautlos glitt, hatte Bengel noch nie gesehen, weder im Film noch in einem Game. Ganz hinten am Horizont erhoben sich enorme Vulkane, die ohne Ende Feuer und Lava spuckten. Davor lagen niedrigere Hügelketten, auf deren Gipfeln zerstörte Burgen oder brennende Windmühlen standen. In diese Hügel fuhren sie jetzt hinein, und von beiden Seiten ergossen sich immer wieder phosphorblau schillernde Wasserfälle, die bald in einen breiten Strom flossen, neben dem parallel die Magnetschwebebahn verlief. An seinem Ufer waren in unregelmäßigen Abständen goldene Statuen aufgestellt, Schlangen und Drachen, die aus den Mäulern Feuer spuckten. Und immer wieder erschienen am Himmel fliegende Augen mit blutroten Pupillen, die an das Cover von Obituarys *Cause of Death* erinnerten. Überhaupt schienen Teile der apokalyptischen Landschaft, die am Zug vorüberflog, von bekannten Death-Metal-Alben inspiriert zu sein. Das fiel Bengel auf, als der Zug durch einen Wald von verbrannten Riesenbäumen glitt, von denen Mobiles herabhingen, die aus abgerissenen Gliedmaßen bestanden:

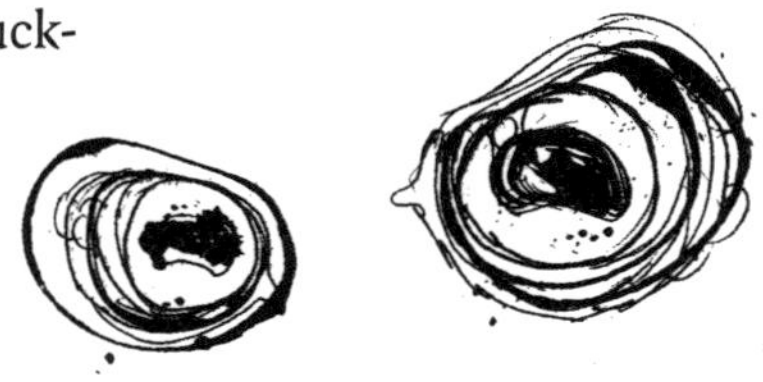

«Das ist, das ist doch wie ... Menno, mir liegt's auf der Zunge ...»

«Wie», ergänzte der kleine Herr Tod, «das Cover von *Butchered at Birth* von Cannibal Corpse.»

«Ja, genau! Mann, das habe ich sogar zu Hause.»

Dann verschwand der Zug in einem langen Tunnel. Als er wieder rauskam, passierte er einen Friedhof mit hohen Grabsteinen. Jetzt wusste Bengel die Platte auf Anhieb:

«Entombed – *Left hand path* von 1990. Nicht ganz, aber so ungefähr.»

So ging das noch ein paar Mal. Und jedes Mal stieß Bengel den kleinen Herrn Tod begeistert in die Seite: «Guck mal, hast du das gesehen? Wahnsinn, oder? Und das da? Ist das nicht meganekro?»

Es war ihm aber auch ein bisschen mulmig, wenn er daran dachte, dass die Fahrt irgendwann zu Ende sein würde und er aus dem Zug steigen musste. Was würde dann mit ihm passieren?

Dieser Moment kam schneller als gedacht. Vorher wurde es langsam heller. In einer langgesteckten Kurve passierte der Zug noch eine Staumauer – auch wie in «Hunger Games», dachte Bengel – und kam dann auch schon im Endbahnhof zum Stehen. Was Bengel hier durch die Panoramascheiben sah, schien so etwas wie ein großer Freizeitpark zu sein, mit Karussells, Riesenrädern, kuriosen Phantasiegebäuden, Kneipen und Restau-

rants. In der Mitte erhob sich ein Schloss auf einem kleinen Hügel, ganz so wie das Cinderella-Schloss in Disney World, nur dass die spitzen Türme halb verfallen waren und das Mauerwerk schön verrottet schien. Genau neben dem Bahnhof stand eine Riesenachterbahn mit nicht zählbaren Loops, Drops, Röhren und Spiralen. Allein vom Angucken flog Bengel die Schädeldecke weg.

Ohne weiter nachzudenken, sprang er aus dem Zug und lief zum Kassenhäuschen. «Ride of Terror» stand darüber. Bengel kriegte sich kaum noch ein: «Geilomat. Wie nekro alles gestylt ist», rief er. Tatsächlich: Auch ein Foto von der Achterbahn hätte man auf das Cover einer Death-Metal-Platte packen können. Die einzelnen Wagenkabinen sahen aus wie Totenschädel, aus denen auch noch lange Teufelshörner wuchsen, die Gleise waren mit irgendeinem Zeug umschäumt, sodass man meinte, durch aufgeplatzte Gedärme zu fahren, und alles war mit einem Glanzlack gestrichen, der blutrot leuchtete.

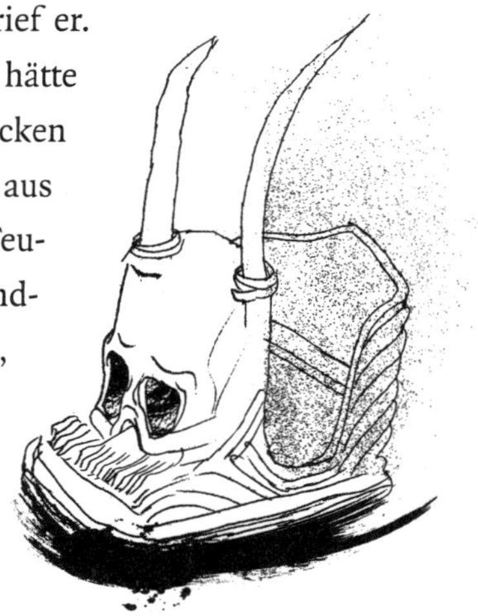

«Einen Himmel habe ich mir anders vorgestellt. Eher alles so weiß, mit fluffigen Wolken, und mehr so langweilig», meinte Bengel.

«Ja, das hatten wir hier auch mal», sagte der kleine Herr Tod, «aber da drehen die Metal Heads auf die Dauer durch. Sie müssen hier ja eine Ewigkeit verbringen.»

«Kann ich vielleicht mal mit dem Teil da fahren?»

Bengel sah sehnsüchtig an der Achterbahn hoch.

«Klaro», antwortete der kleine Herr Tod. «Bei dieser Schnuppertour ist alles inklusive.»

Keine dreißig Sekunden später saßen die beiden Freunde schon in der Mörderachterbahn. Während ihr Teufelskarren langsam hochgezogen wurde, dröhnte aus den Boxen der Anlage volle Kanne «Screaming in Phobia» von den guten alten Uncanny.

«You will see death you should not fear», growlte Bengel mit und schrie sich dann beim ersten Drop fast die Seele aus dem Leib (aber nur fast). Insgesamt drehten sie genau zwanzig Runden auf der Bahn. Dann hatte Bengel genug.

«Obwohl mir gar nicht übel geworden ist, wie sonst immer. Seltsam.»

«Gar nicht seltsam», sagte der kleine Herr Tod, «im Totenreich wird einem nie übel.»

«Wie praktisch», sagte Bengel. «Kann ich auch ohne weiteres fünf von denen da essen? Also ich meine, ohne dass ich kotzen muss?»

Er zeigte auf ein rosa Zuckerwattebüschel, das ein Mann in Mönchskutte gerade aus einer rotierenden Trommel holte.

«Du kannst sogar fünfzig davon essen», antwortete der kleine Herr Tod. «Weil im Totenreich die Verdauung abgeschafft ist, kann man so viel wegschnabulieren wie man will.»

«Na, dann hätte ich gerne dreißig Mal Zuckerwatte, bitte», sagte Bengel zu dem Verkäufer, der aussah wie der Mann mit der Schildkrötennase auf dem *Leprosy*-Album von Death.

«Eine gute Wahl», gab die Schildkröte zurück. «Das ist echte Blutzuckerwatte. Gerade reingekommen. Zergeht auf der Zunge.»

Bengel zog sich in Windeseile ein Wattebüschel nach dem anderen rein. «Und was machen wir jetzt?», fragte er dann.

«Wie wäre es mit Baggerfahren?», meinte der kleine Herr Tod. «Das wäre ziemlich groß», antwortete Bengel. «Ich wollte schon mit vier Jahren Baggerfahrer werden. Aber woher weißt du das?»

«Ich bin der kleine Herr Tod. Ich habe da so meine Kanäle, vor allem hier im Totenreich.»

«Äh, ich habe aber keinen Baggerführerschein.»

«Kein Problem», entgegnete der kleine Herr Tod. «Für solche Fälle haben wir hier einen Lehrer. Der bringt den Neuankömmlingen alles bei.»

Der kleine Herr Tod führte Bengel an einem Karussell mit lauter scharlachroten, siebenköpfigen Drachen vorbei. Danach passierten sie einen Blutspringbrunnen und das düstere «Overlook Hotel» («Redrums welcome» stand über dem Eingang). Schließlich landeten sie auf einem Schrottplatz. Hier rosteten ausrangierte Fahrgeschäfte, vorsintflutliche Mähdrescher und antike Panzer mit seltsam verknoteten Kanonen vor sich hin. In der Mitte des Geländes war ein blauer Überseecontainer abgestellt, über dem ein Schild in gelber Flammenschrift prangte. «Baggerfahrschule» stand darauf zu lesen. Der kleine Herr Tod klopfte an die Tür:

«Hallo, Kundschaft.»

Als die Tür aufging, konnte sich Bengel vor Schreck gerade noch an einem Schrottpanzer festhalten. So abgestützt starrte er den großen, langhaarigen Mann, der vor ihm stand, mit weit aufgerissenen Augen an. Minutenlang brachte er keinen Ton heraus.

«Hi. Darf ich fragen, wer du bist?», sagte der Langhaarige dann.

«Ich?», stotterte Bengel voll weggetreten. «Ich bin niemand. Eine Mikrobe. Gar nicht vorhanden.»

«Deinen Namen würde ich trotzdem gerne erfahren.»

«Äh, Name. Wie? Ja. Stephan. Oder Bengel. Können Sie sich aussuchen. Aber Sie sind ... sind Sie wirklich ...?»

Bengel kriegte den Namen einfach nicht raus. Doch dieser supersympathische Langhaarige, der da vor ihm stand, war wirklich, wirklich, wirk-

lich … Chuck Schuldiner. Der Mann, der 1983 die Band Death gegründet hatte. Der Urvater des Death Metal. Der größte Death Metaller aller Zeiten. Oder ganz einfach: der Death-Metal-Gott.

«Ja, bin ich», sagte Chuck Schuldiner und lächelte sein berühmtes sanftes Lächeln. «Aber willst du jetzt Bagger fahren lernen oder nicht?»

Bengel konnte immer noch nicht richtig sprechen. Er nickte einfach nur.

«Na, also», sagte der kleine Herr Tod. «Ich lass euch jetzt mal alleine und warte um die Ecke im Café Nekropolis.»

Chuck Schuldiner nahm Bengel bei der Hand und kletterte mit ihm in das Führerhaus eines rostigen Baggers, der direkt hinter dem Container stand.

«Okay. Deine erste Stunde. Da gucken wir erst einmal, wie du mit den Ketten klarkommst.»

Er zeigte Bengel die verschiedenen Hebel und Pedale, die man bedienen musste, um vorwärts, rückwärts und seitwärts zu fahren. Am Anfang machte Bengel noch viele Fehler, denn er konnte sich überhaupt nicht richtig konzentrieren. Die ganze Zeit formulierte er im Kopf Fragen an Chuck Schuldiner, die ihm dauernd einfielen, und versuchte sie, in die richtige Reihenfolge zu bringen: «Erste Frage: Welches ist Ihre Death-Lieblingsplatte? Frage zwei: Welche anderen Metaller finden Sie gut? Frage drei: Wie stehen Sie zu Ihrem frühen Tod?» Er hätte all das am liebsten sofort gefragt. Aber das traute er sich nicht, und außerdem war es im Führerhaus sowieso zu laut.

Schließlich neigte sich die Stunde dem Ende zu. «Und jetzt versuchen wir mal, den Bagger am Schaufelarm hochzudrücken», wies Schuldiner

Bengel an. Das war gar nicht so einfach, doch im dritten Anlauf kriegte Bengel es hin.

«Gar nicht schlecht», lobte ihn Chuck Schuldiner. «Ich denke, noch zwei oder drei Stunden, dann hast du es drauf.»

«Oh, wirklich», freute sich Bengel, der endlich die Sprache wieder gefunden hatte. Jetzt fasste er sich auch ein Herz. «Darf ich Sie mal was fragen?»

«Lass mich raten», sagte Chuck Schuldiner. «Du willst wissen, was mein Lieblingsstück ist, und wer meine Lieblings-Metaler, und dann noch, wie ich es eigentlich finde, dass ich schon mit vierunddreißig Jahren an einem Hirntumor gestorben bin.»

«Woher wissen Sie das?» Bengel lief rot an und wäre am liebsten vom Bagger gesprungen.

«Weil mich das jeder fragt. Und deshalb antworte ich auch nicht.»

Schuldiner machte eine kleine Pause, in der Bengel bedröppelt zu Boden sah.

«Normalerweise nicht. Aber für dich mache ich bei Frage drei mal eine Ausnahme. Ich weiß ja, in was für einer Klemme du steckst, und kann das alles gut nachfühlen. Okay: So früh sterben zu müssen, war natürlich ganz schöner Mist. Ich wollte leben, unbedingt.»

«Weiß ich», sagte Bengel. «Die Sammlung für deine Chemo war ganz groß im Fernsehen und überall.» Chuck war ihm inzwischen schon so vertraut geworden, dass er unmerklich zum Du übergegangen war.

«Ja, selbst Kid Rock und andere Leute, die verdammt schlechte Musik machen, haben da mitgemacht. Als ich dann trotzdem starb, war ich wirklich sauer. Ich hatte absolut keinen Bock auf Totsein und bin voll ausgerastet, als mich der alte Hades abholte.»

Schuldiner guckte in die Ferne, wo ein paar verschrottete Raketen vor sich hinrosteten. Man konnte sehen, dass es ihm keinen Spaß machte, über seinen Tod zu reden.

«Ja, und dann?», fragte Bengel, trotzdem ungeduldig.

«Dann kam ich hierher, und alles war ganz anders, als ich es mir vorgestellt hatte. Wirklich richtig gut grymm, nekro und urne. Und schließlich kriegte ich auch noch diesen Job.»

«Baggerfahrlehrer», sagte Bengel. «Menno, so was würde ich auch gerne machen.»

«Und das Tollste weißt du ja noch gar nicht. Guck mal da drüben.» Schuldiner zeigte mit dem Finger auf einen Mann, der vor einem Wellblechschuppen mit einer Motorsäge an Holzskulpturen herumfräste: «Kommt dir dieser Thrasher irgendwie bekannt vor?»

Bengel kniff die Augenlider zusammen und kriegte fast einen Herzinfarkt (natürlich nur fast, denn im Totenreich kann dem Herz nichts passieren, weil es ja nicht mehr schlägt):

«Aber das ist doch, ist doch ... Jesse Pintado von Napalm Death.»

«Exakt. Und rat mal, wer da drüben diesen Teufels-Tattooshop betreibt?»

«Keinen Schimmer.»

«The one and only Wayne Knupp, seines Zeichens Supergrowler von Devourment.»

Und so ging es immer weiter. Von Rob Sterzel von Deceased über Per «Dead» Ohlin und Øystein «Euronymous» Aarseth von Mayhem bis hin zu Mielsko Talarczyk von Nasum und Dave «Scarface» Castillo

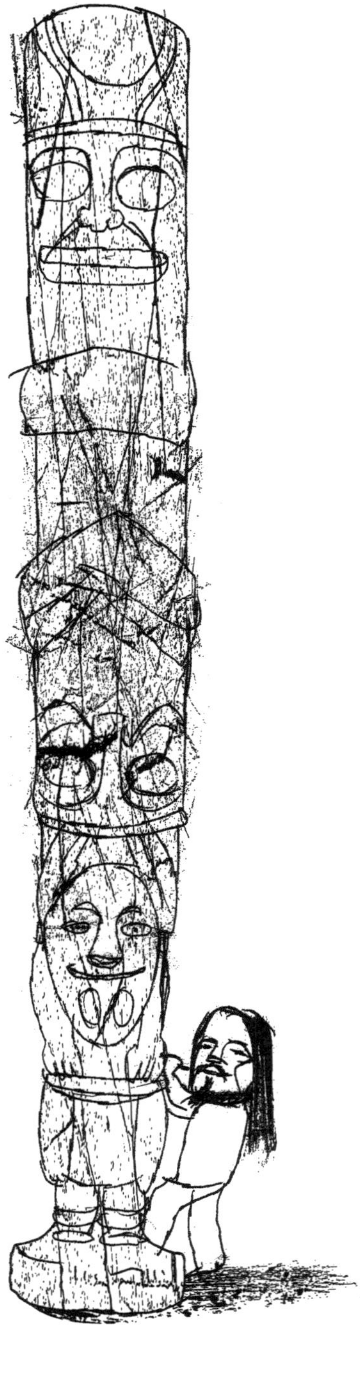

von, noch einmal, Deceased. Sie alle waren in den letzten Jahren in recht jungem Alter und aus vollkommen unterschiedlichen Gründen über den Jordan gegangen.

«Ah», Schuldiner schlug sich gegen den Kopf, «fast hätte ich den dicken Christian Dudek von Sodom vergessen. Der hat einen kleinen Kiosk hinter der Sprengmeisterei. Da verkauft er ‹Sargnagel›-Zigaretten, verweste Snacks und ‹Zur Unzeit›, das Mitteilungsblättchen hier.»

«Christian Dudek? Der Witchhunter?»

«Genau, der deutsche Hexenjäger», sagte Schuldiner. «Am Wochenende treten einige von uns zusammen auf. Drüben im Leichenschauhaus, so heißt die Kneipe, in ganz unterschiedlichen Konstellationen. Nur die beiden Irren von Mayhem machen nicht mit, was mir, ehrlich gesagt, auch ganz recht ist.»

Er machte eine kurze Pause und schien nachzudenken.

«Da fällt mir gerade ein: Eigentlich brauchen wir im Moment ganz dringend einen Bongo-Spieler.»

«Bongos bei Death Metal?», wunderte sich Bengel.

«Ist ne Weiterentwicklung», sagte Schuldiner. «Wir wollen doch keinen Stillstand, wir entwickeln hier alles weiter. Hättest du nicht Lust?»

Was für eine Frage! Natürlich hatte Bengel Lust. Aber das kam jetzt doch ein bisschen überraschend.

«Lass dir Zeit mit deiner Entscheidung. Der Metal-Action-Himmel läuft ja nicht weg.»

«Na, wie war's?», fragte der kleine Herr Tod, als ihn Bengel nach der Stunde im «Nekropolis» wiedertraf.

«Super, super, super nekro», sagte Bengel. «Aber ich hatte immer gedacht, alle Death Metaler würden in die Hölle kommen, weil sie so auf den Teufel stehen.»

«Im Gegentum», sagte der kleine Herr Tod. «Sie gehören zu den wenigen, die ohne Ausnahme in den Himmel kommen. Der alte Herr Hades sagt immer: *Wer einmal mit einer Death-Metal-Band auf Tour war, der weiß: Die haben die Hölle schon hinter sich.*»

«Voll verwest, der Spruch. Muss ich mir merken», sagte Bengel, und bestellte sich erst einmal bei der Kellnerin mit dem hübschen Totenschädel einen Sudden Death mit extrem viel Sahne.

«Hier ist es wirklich viel lustiger als in der Krebsklinik. Wenn meine Eltern nicht wären, würde ich einfach hierbleiben.»

«Aber gehen dir die nicht mit ihrer Heulerei voll auf die Nerven?»

«Einerseits schon. Andererseits liebe ich sie halt auch. Und sie wären bestimmt voll fertig, wenn ich einfach nicht mehr da wäre. Ohne richtigen Abschied und alles.»

«Wenn's weiter nichts ist», sagte der kleine Herr Tod. «Ich hätte da eine Lösung: Du kannst ja schon mal hierbleiben, bist aber gleichzeitig noch ein paar Wochen im Krankenhaus. Da redet ihr noch mal über alles, und du erzählst deinen Eltern, wie lieb du sie hast, und wie schön das Leben mit ihnen war und so weiter. Die brauchen das. Dann verdrücken sie noch ein paar Tränen, und irgendwann schläfst du in deinem Bett friedlich ein. Das deichseln wir schon.»

«Gleichzeitig an zwei verschiedenen Orten sein? Wie geht denn so was?», wollte Bengel wissen.

«Wir haben da so unsere Tricks», sagte der kleine Herr Tod. «Hey, Headbanger. Wir verfügen über mehr als 3,5 Milliarden Jahre Erfahrung mit dem Sterben. Zum Beispiel: Bist du dir wirklich ganz sicher, ob du diese Geschichte mit mir nicht gerade träumst?»

«Ja, bin ich», sagte Bengel. «Zwick mich einfach mal.»

Der kleine Herr Tod ließ sich nicht lange bitten und zwickte ihn kräftig in den Oberarm.

«Komisch», sagte Bengel. «Jetzt kann ich gar nicht sagen, ob es wehgetan hat oder nicht.»

«Siehste», meinte der kleine Herr Tod. «So ist das hier.»

Bengel atmete ein paar Mal tief durch. Dann sagte er: «Also gut: Wenn du das mit dem Krankenhaus regelst, dann bleibe ich.»

«Alles klar», freute sich der kleine Herr Tod und holte unter dem Tisch ein Paket hervor.

«Was ist denn das?», fragte Bengel.

«Ein Abschiedsgeschenk.»

Bengel konnte es kaum glauben.

«Wirklich, ein Geschenk?»

Ganz aufgeregt riss er das Packpapier auf.

«Ein paar Bongos», rief Bengel begeistert. «Aber woher wusstest du ...?»

«Hallo? Woher ich Sachen weiß? Sagte ich das nicht schon?»

«Ach so, ja. Du bist der kleine Herr Tod und hast so deine Kanäle, vor allem hier im Totenreich.»

«Du hast es erfasst.»

Bengel guckte dem kleinen Herrn Tod fest in die Augen und merkte, dass ihm plötzlich wieder ganz wurpselig zumute wurde.

«Jetzt heißt es wohl, tschüss zu sagen, oder? Da will ich mich aber noch einmal ordentlich bei dir bedanken. Endlich habe ich kapiert, dass es gar nicht so sehr darauf ankommt, wie lange ein Leben dauert, sondern darauf, was man damit macht. Und dass ich ein tolles und – wie sagen das die Erwachsenen? Genau – ein erfülltes Leben hatte, das habe ich vor allem dann doch dir zu verdanken. Dir, meinem allerbesten Freund.»

«Oh», sagte der kleine Herr Tod und merkte, dass seine Augen feucht wurden, was bei einem Tod eigentlich gar nicht geht. Es passierte aber trotzdem. «Das mit dem allerbesten Freund gebe ich sofort an dich zurück. Und eigentlich bin ich es, der sich bei dir bedanken muss. Durch dich habe ich nämlich viel über eine ganz bestimmte Frage nachgedacht und am Ende auch etwas sehr Wichtiges gelernt.»

«Was denn?», fragte Bengel.

«Das verrate ich dir ein anderes Mal. Erst muss ich das jemand anderem erzählen.»

«Ein anderes Mal? Das heißt ...?»

«Ja. Vielleicht. Das hängt davon ab. Aber jetzt komm mal her.»

Und mit diesen Worten nahm der kleine Herr Tod Bengel in die Arme und drückte ihn sehr lange und sehr fest. Dann löste er die Umarmung langsam wieder – und hob vom Boden ab!

«Oh», staunte Bengel. «Ich habe gar nicht gewusst, dass du das kannst.»

«Du weißt noch einiges nicht», sagte der kleine Herr Tod lächelnd. Und schwebte in die Lüfte davon, wobei er heftig winkte.

Bengel sah seinem besten Freund noch so lange nach, bis der ganz in den rotorangenen Wolken des Metal-Action-Himmels verschwunden war. Dann klemmte er sich die Bongos unter den Arm und schlurfte langsam zurück zu Chuck Schuldiners Container.

KAPITEL 10

Blitzmerker mit Spätzündung

Im sechsten Stock des Unterwelt-Towers von Hades, Thanatos, Hypnos & Co. wurde der kleine Herr Tod mit donnerndem Applaus empfangen. Alle sechshundertfünfundsechzig Kollegen waren in ihren Boxen aufgestanden und wollten gar nicht mehr aufhören mit dem Klatschen. Seltsamerweise stand auch direkt vor dem Schreibtisch des kleinen Herrn Tod jemand: eine Frau mit wallenden roten Locken, puderweißer Haut und knallrot geschminkten Lippen. Sie strahlte übers ganze Gesicht.

«Willkommen zurück, Superdeaddie», rief Lydia Lilith, schon als sie ihn von weitem sah.

«Äääh» – mehr bekam der kleine Herr Tod nicht heraus. Er sah Lydia fragend an.

«So nennen dich die Leute auf Skullbook und Instagrab. Wir haben hier alle deine Wahnsinnsabenteuer live verfolgt. Auf Helltube. Sooo spannend. Du warst einfach unglaublich.»

«Aber ich habe doch gar nichts Besonderes gemacht.»

«Papperlapapp. Weshalb sollst du denn wohl sofort zum Chef kommen? Ach, das weißt du ja noch nicht. Ich bin extra hochgefahren, um dir das zu sagen.»

«Ach du grüne Neune.»

«Quatsch. Ich wette, du kriegst nen Orden oder so was.»

Lydia hakte sich beim kleinen Herrn Tod unter und begleitete ihn nach unten in Hades' Büro. Hier konnte er schon am Gesicht des Chefs ablesen, dass der mehr als zufrieden war. Er stand sogar von seinem Schreibtisch auf, was er praktisch nie machte.

«Wunderbar, hm, ganz wunderbar haben Sie das gemacht, kleiner Herr Tod. Ich neige meine, hm, Sense vor Ihnen.»

«Das war doch nicht der Rede wert», stammelte der kleine Herr Tod und sah beschämt zu Boden.

«Nicht der Rede wert? Sie haben sogar im, hm, Urlaub gearbeitet. Und das mit großem, hm, Einfühlungsvermögen. Ich hätte nie gedacht, dass so viel in Ihnen steckt.»

Der alte Herr Hades machte eine Pause, in der er etwas länger vor sich hinhmmte. Dann fiel ihm offenbar noch etwas ein.

«Okay, hm, wir haben natürlich dafür gesorgt, dass Sie, hm, etwas Unterstützung hatten.»

«Wer? Was? Ich? Welche Unterstützung denn?»

Der alte Herr Hades zeigte stumm auf eine große Gestalt, die weit hinten in seinem Büro in einer dunklen Ecke stand. Der kleine Herr Tod hatte sie bisher gar nicht bemerkt. Als sie einen Schritt vortrat, staunte er nicht schlecht. Was war denn das für 'n Ding? Aussehen tat es jedenfalls wie ein zwei Meter fünfzig großes Monster mit einem Riesenmaul und Füßen, deren Zehen nach hinten zeigten. Außerdem trug das Trumm eine bunte Federkrone, dazu eine fette goldene Kette um den Hals und spiralförmige Ohrringe, die fast auf die nackten Schultern reichten.

«Das da? Kenn ich nicht. Und ganz sicher ist mir dieses Karnevalsgespenst in den letzten Tagen nicht über den Weg gelaufen.»

Als Antwort verzog das Ding nun sein Maul zu einem breiten Grinsen. Dann entfuhr ihm ein dünnes Bellen: «Wuff, wuff.»

In diesem Moment fiel beim kleinen Herrn Tod der Groschen.

«Ich glaub's nicht! Zottel? Ehrlich? Mann, wie siehst du denn aus?»

«Darf ich vorstellen», sagte der alte Herr Hades. «Herr Xolotl, seit kurzer Zeit einer unser anonymen Gesellschafter. Hauptberuflich ein aztekischer Gott, der in Hundegestalt auch die Sterbenden auf dem Weg ins Totenreich begleitet. Wir mussten ihn für seinen Einsatz natürlich ein bisschen schrumpfen, sonst hätte er nicht in die Brusttasche Ihres Overalls gepasst.»

Herr Xolotl alias Zottel sprang auf den kleinen Herrn Tod zu und tat so, als wollte er ihm mit seinem Riesenwaschlappen das Gesicht ablecken. Im letzten Moment hielt er allerdings inne und streckte dem kleinen Herrn Tod nur die behaarte Pranke entgegen:

«Ha, ha, nur Spaß. Willkommen zurück in Mictlan.»

«Mictlan?»

«So heißt die Unterwelt bei uns Azteken.»

«Und du siehst wirklich so aus, oder ist das auch eine Verkleidung?»

«Ja, das bin ich wirklich. Tut mir leid, dass ich nicht ganz so niedlich bin.»

«Kann es denn sein, dass dieser Reporter, Schummelius, deshalb so durchgedreht ist?» Der kleine Herr Tod machte die panische Stimme von Hans-Peter Schummelius nach: *«Machen Sie das Vieh da weg. Dieses Monster da mit seinen gefletschten Zähnen und den behaarten Klauen, das ist doch kein Chihuahua!»*

«Ha, ha, ja du Blitzmerker, das war lustig. Tatsächlich habe ich mich ihm in meiner wahren Gestalt gezeigt. Und da ist er natürlich sofort durchgedreht.»

«Na gut, die Herrschaften. Ihr könnt euch später noch lang genug über eure Abenteuer unterhalten», ging der alte Herr Hades dazwischen. «Denn bevor wir hier weitermachen können, müssen Sie, kleiner Herr Tod, uns ja noch die entscheidende Frage beantworten: Was glaubte Sokrates? Welche Krankheit heilt der Tod?»

«Darüber habe ich wirklich lange nachgedacht», erwiderte der kleine Herr Tod ernsthaft. «Und lange hatte ich wirklich keine Idee. Doch dann habe ich einen Menschen getroffen. Stephan, genannt Bengel. Er wurde schnell mein bester Freund. Aber das wissen wahrscheinlich schon die meisten hier.»

«Davon können Sie ausgehen», sagte der alte Herr Hades schmunzelnd.

«Bengel und ich, wir hatten keine Geheimnisse voreinander. Und er hat mir erzählt, wie unglücklich er im Krankenhaus war und wie sehr er dort gelitten hat. Und dann habe ich erlebt, wie super es ihm plötzlich im Metal-Action-Himmel ging.»

«Ja, gut. Aber was ist jetzt die Antwort?», platzte Lydia Lilith aufgeregt dazwischen.

«Das Leben, ganz einfach. Das Leben», sagte der kleine Herr Tod. «Der Tod heilt die Menschen von der Krankheit des Lebens. Genau genommen sind wir Tode also alle Ärzte.»

«Richtig! Richtig, richtig», wiederholte der alte Herr Hades begeistert und vergaß kurzfristig sogar zu hmmen. «Und wunderbar geschlussfolgert. Ich hätte es nicht besser sagen können.»

Ein Unterweltknecht mit einem Ochsenkopf auf den Schultern berührte kurz sein Hellphone. Sofort dröhnte der «Imperial March» aus «Star Wars» aus einer Boombox, und zwar in der Death-Metal-Version. Der alte Herr Hades musste gegen die Musik anschreien, bis sie der Ochse wieder etwas leiser drehte.

«Jetzt steht Ihrer», rief er, «hm, Beförderung nichts mehr im Weg.» Ein zweiter Knecht, diesmal mit einem Hasenkopf, reichte ihm ein großes, langes Paket in rotem Papier. Der alte Herr Hades riss es auf, und zum Vorschein kam eine fette Sense. Jetzt bekam seine Stimme einen feierlichen Tonfall.

«Mein lieber, hm, geschätzter, hm, kleiner Herr Tod. Aufgrund Ihrer außerordentlichen Verdienste um das, hm, Sterben, und das, hm, Totenreich, verleihe ich Ihnen kraft meines Amtes diese Sense. Zudem», der Hase reichte ein zweites Paket an, «erhalten Sie hiermit die klassische, hm,

Kapuzenkutte, wie sie heute noch auserwählte Tode zu, hm, besonderen Anlässen tragen.»

«Oh», ohte der kleine Herr Tod. Er war voll geflasht und wollte schon nach den Geschenken greifen.

«Moment, Moment, ich bin noch nicht fertig.»

Der alte Herr Hades zog ein Stück Papier aus der Innentasche seiner Uniform und überreichte es dem kleinen Herrn Tod. «Gleichzeitig ernenne ich Sie zum, hm, mittleren Herrn Tod. Konkret bedeutet das: Ab sofort liften Sie keine, hm, Hühner mehr, sondern, hm, Menschen. Und zwar nicht irgendwelche Menschen, sondern diese hier.» Er deutete auf ein paar Sätze auf dem Blatt, und der kleine Herr Tod las: «Herr Theodor Tod (mittlerer Tod). Beauftragter für Death-Metal-Musiker und ihre Fans.»

Jetzt kippte der kleine, ähm, mittlere Herr Tod vor Überraschung fast aus den Latschen.

«Halt, halt, nicht durchdrehen», rief da eine tiefe Stimme. Sie gehörte Xolotl. Auch er gab dem kleinen Herrn Tod jetzt etwas Kleines, gut verpackt.

«Als Dankeschön dafür, dass Bengel und du noch so lange vergeblich nach mir gesucht habt.»

Natürlich war auch das Geschenk von Xolotl extrem grymm.

«Bei Zuckmayers stinkender Pfeife! Die Special Edition von *Grbstn!*», mit dem streng limitierten aufgeklebten echten Mittelfinger. Woher wusstest du ...?»

«Na, woher wohl? Außerdem bist du nun wirklich nicht der einzige Fan der Klaus Bittermanns in der Unterwelt.»

Der kleine, sorry, der mittlere Herr Tod war bis in die tiefsten Tiefen seines kalten Herzens gerührt. «Ich glaube», sagte er, während sich schon wieder etwas Feuchtes in seine Augenhöhlen schlich, «das ist der schönste Tag meiner Totistenz.»

«Ich glaube, meiner auch», hauchte Lydia Lilith neben ihm und klimperte ihn dabei mit Schlafzimmeraugen an. Dann spitzte sie ihre knallroten Lippen: «Du darfst die Braut jetzt küssen.»

Hallo, was war denn hier los? Der nun mittlere Herr Tod stand mal wieder auf dem Schlauch.

«Wie bitte? Was hast du gerade gesagt?»

«Ach, du Dummerchen. Hast du denn nie was gemerkt? Ich war schon immer in dich verliebt.»

«Ähhh? Auch damals, als du in der Uni-Mensa zu mir gesagt hast, dass du nicht neben einem Loser wie mir sitzen willst?»

«Herrje, das war reine Schüchternheit. Hast du vergessen, dass ich dir sogar heimlich bis nach Brasilien nachgereist bin?»

«Und Johnny Hypnos?»

«Ach der. Ich wollte dich bloß ein bisschen eifersüchtig machen. Eben weil ich zu schüchtern war, dich anzusprechen.»

«Aha, und zufällig jetzt, wo ich befördert werde, traust du dich?»

«Aber das hat doch nichts damit zu tun», sagte Lydia steif und fest. «Ehrlich nicht. Bei der Ehre von Teufels Großmutter.»

Tja, aber unser mittlerer Herr Tod war ja nicht aus Dummsdorf. Hilfreich war auch, dass er genau in diesem Moment merkte, dass seine jahrhundertealte Verliebtheit wie weggeblasen war.

«Sag mal, glaubst du, ich bin pille palle? Such dir einfach einen anderen Doofen, Bitch», erwiderte er und drehte sich dann zum alten Herrn Hades um.

«Wirklich vielen Dank für alles. Und mit Freude und Vergnügen nehme ich die Sense, den Umhang und den neuen Job an. Nur bei dem neuen Titel habe ich meine Bedenken. Ich glaube, ich will nichts Mittleres sein. Ich will lieber der kleine Herr Tod bleiben. Das passt besser zu mir. Und so sehe ich auch aus.»

«Wenn's weiter nichts ist», meinte der alte Herr Hades. «Dein Wunsch sei dir gewährt.»

«Nekrissimo», schrie der kleine Herr Tod so laut, dass alle ein bisschen zusammenzuckten. Dann legte er *Grbstn* in den Player des Ghettoblasters, der in der kleinen Kaffeeküche neben dem Büro von Hades stand. Anschließend ging er schnurstracks zu Zottel, jetzt Xolotl rüber und sagte genau drei Worte. Sie lauteten: «Darf ich bitten?»

Natürlich durfte er. Die nächsten Stunden legten sie einen Makabertanz hin, der sich gewaschen hatte. Und nicht nur die beiden allein. Es dauerte nur ein paar Minuten, da reihte sich auch die ganze Belegschaft von Hades, Thanatos, Hypnos & Co. ein. Selbst der alte Herr Hades schwang das Tanzbein. Nur Lydia Lilith stand böse starrend in einer Ecke und sann auf Rache. Und wenn sie nicht geboren wurde, starrt sie noch heute. Doch das ist eine andere Geschichte.

Kleines Unterwelt-Lexikon

Wer ist wer im Jenseits? Und was ist was?

Abraxas

Ein hahnenköpfiger Gott oder Dämon mit Menschenleib und Schlangenfüßen. Laut dem ägyptischen Gnostiker Basilides (ca. 85–145 n. Chr.) steht er über allen anderen Göttern. *Terror Abraxas* ist der Titel einer EP der australischen Death-Metal-Band Deströyer 666, «Abraxas of Filth» ein Song der amerikanischen Band Cephalic Carnage, die komplizierten Technical Death Metal spielt.

Aiakos

Arbeitet als Albert Aiakos im Unterwelt-Tower von Hades, Hypnos, Thanatos und Co. am Empfang. In der griechischen Mythologie ist er ein Sohn des Zeus und der Aigina. Auch bei dem griechischen Dichter Aristophanes jobbt er als Torhüter in der Unterwelt. Bisweilen hilft er auch als Richter aus.

Apokalyptische Reiter

Sie sind zu viert und werden erstmals in der Offenbarung des Johannes erwähnt, dem letzten Buch der Bibel. Die Pferde der Reiter sind je weiß, rot, schwarz und fahl, was vermutlich ein Gelbgrün-Ton ist. Das fahle Pferd symbolisiert den Tod.

Azrael

Im Judentum und im Islam ist Azrael der Engel des Todes. Im Reich der Schlümpfe heißt der Kater des bösen Zauberers Gargamel Azrael. An der Unterwelt-Uni in Helheim ist Prof. Azrael eine Koryphäe im Fach Orthothanasie, was bedeutet: die Lehre vom richtigen, guten Sterben.

Barney Greenway

Sänger der unsterblichen Death-Metal-Band Napalm Death. Heißt eigentlich Mark Andrew mit Vornamen, erhielt seinen Spitznamen nach Barney Geröllheimer aus der Zeichentrickserie «Familie Feuerstein».

Bashir

«Verkünder der Frohen Botschaft», Engel, tröstet im muslimischen Jenseits zusammen mit seinem Kollegen Mubashar («Frohe Botschaft») die Seele dessen, der als Gerechter gestorben ist, und verheißt ihm das Paradies. Doch wehe, der Gestorbene hat bei Gericht eine falsche Antwort gegeben. Dann wird es für ihn ungemütlich.

Baron Samedi

Ein Geistwesen im haitianischen Voodoo-Glauben und Herr der dortigen Unterwelt. Er liebt Rum und Tabak sowie seine Frau, Maman Brigitte, die auch Madame Brigitte genannt wird. Für dieses Buch wurde ihm zum Baron-Titel noch ein ‹de› verpasst, um seine Bedeutung als Gesellschafter von Hades, Thanatos, Hypnos & Co. herauszustreichen.

Beelzebub

Ursprünglich ein Gott der Philister, eines alten Volks im Land Israel. Sattelte in der christlichen Dämonologie zu einem der sieben Fürsten der Hölle um. Als solcher recht unbeliebt. Gilt auch als Herr der Fliegen und als entsprechend ungepflegt.

Bloodbath

Schwedische Death-Metal-Supergroup, gegründet 1998. Besteht aus gelegentlich wechselnden Mitgliedern von Opeth, Katatonia, Paradise Lost und Craft. Im Song «Feeding the Undead», der sich auf dem Album *Nightmares Made Flesh* von 2004 befindet, growlt Sänger Peter Tägtren ganz schön was weg.

Cannibal Corpse

Ziemlich umstrittene Death-Metal-Band, gegründet 1988. Die ersten drei Alben inklusive *Butchered at Birth* waren in Deutschland bis Juni 2006 verboten.

Carcass

Britische Grindcore- und Death-Metal-Band, gegründet 1985. Schon das erste Album *Reek of Putrification* erregte die Aufmerksamkeit des legendären BBC-DJs John Peel, dem neben der Musik besonders die Autopsiefotos auf dem Cover und Titel wie «Manifestation of Verrucose Urethra» gefielen. Die zweite Platte *Symphonies of Sickness* gilt als Meilenstein des Death Metal. Alle Mitglieder von Carcass sind Vegetarier und gute Menschen.

Christian Dudek

Genannt Witchhunter. War Schlagzeuger der Gelsenkirchener Thrash-Metal-Band Sodom. Wurde 1992 aufgrund seines Alkoholismus aus der Band geworfen. Starb 2008 im Alter von zweiundfünfzig Jahren an multiplem Organversagen.

Chuck Schuldiner

«Godfather of Death Metal», war Sänger und Gitarrist von Death, die er im Alter von fünfzehn Jahren unter dem Namen Mantas gründete. An seinem zweiunddreißigsten Geburtstag wurde bei Schuldiner ein bösartiger Hirntumor diagnostiziert, dem er im Dezember 2001 im Alter von vierunddreißig Jahren erlag.

Death

Eine der berühmtesten und einflussreichsten Death-Metal-Bands, 1983 von Chuck Schuldiner in Orlando, Florida, gegründet. Das Debütalbum *Scream Bloody Gore* gilt als eine der ersten, wenn nicht als DIE erste Death-Metal-Platte überhaupt.

Deceased

Diese Death-Metal-Band formierte sich 1984 in Arlington/Virginia. Am 3. März 1988 wurde der Bassist der Band, Robert «Rob» Sterzel, zusammen mit zwei Freunden beim Wechseln eines Reifens von einem Lieferwagen getötet. Dreißig Jahre später, im November 2018, ertrank Drummer David Castillo in El Salvador. Beide Bandmitglieder arbeiten jetzt im Metal-Action-Himmel bei der Magnetschwebebahn.

Derrick Green

Der Amerikaner aus Cleveland, Ohio, ist seit 1997 Sänger der brasilianischen Death-und-sonst-was-Metal-Band Sepultura. Green hat in diesem Buch einen schlechten Tag, ist dafür aber noch am Leben.

Devourment

Amerikanische Death-Metal-Band aus Dallas, Texas, 1995 gegründet. Das erste Album *Molesting the Decapitated* gilt als eines der brutalsten Death-Metal-Platten überhaupt. Sänger Wayne Knupp starb 2007.

Entombed

Gehören zu den großen Vier des schwedischen Death Metal, leicht zu erkennen am berühmten Kreissägen-Gitarrensound. Wurden durch ihr erstes Album *Left Hand Path* berühmt und sind es heute noch.

Erinnyen

In der griechischen Mythologie die drei Rachegöttinnen. Maggi Megäre, der neidische Zorn, ist die zweite von ihnen. Wenn sie nicht gerade Menschen oder Unterweltler wütend macht, arbeitet sie im Vorzimmer des alten Hades als Sekretärin.

Frau Sibylle

Arbeitete ursprünglich in Delphi, Griechenland, als gut aussehende Wahrsagerin. Weil sie immer wieder mit Pythia, der Priesterin des Apollo, verwechselt wurde, wanderte sie in die Unterwelt aus.

Grim Reaper

Der Sensenmann bzw. Gevatter Tod auf Englisch. Kommt in diesem Buch gar nicht vor (aber sehr oft in Hollywoodfilmen und auf YouTube) – oder doch, einer seiner Enkel ist wahrscheinlich ein Kommilitone des kleinen Herrn Tod.

Hades

In der griechischen Mythologie ist Hades nicht nur der Totengott und Herrscher über die gesamte Unterwelt, sein Name ist auch die Bezeichnung für die Unterwelt überhaupt. Der Gott wurde von seinem Vater Kronos nach der Geburt sofort verschlungen, später aber von Zeus aus dessen Eingeweiden wieder befreit.

Helheim

So heißt die Unterwelt in der nordischen Mythologie. Die war gendermäßig weiter als die griechische, denn das Totenreich wird von einer

Göttin regiert, deren Name Hel lautet. Anders als im vollklimatisierten Unterwelttower ist es im Helheim der Sage nass, kalt und ungemütlich.

Hexensabbat

Geheimes nächtliches Treffen von Hexen und Hexern, bei dem es immer voll abgeht. Wird bei Goethe und Bibi Blocksberg erwähnt.

Hypnos

Griechischer Gott und Zwillingsbruder von Thanatos. Sohn der Nyx (Nacht) und des Erebos (Dämmerung). Wenn Hypnos will, kann er alle Götter, Menschen und Tiere in Tiefschlaf versetzen. Will er aber immer öfter nicht, weshalb die Schlaftablettenindustrie boomt.

Jeff Becerra

Sänger von Possessed. Gilt als Erfinder des gutturalen Growlens.

Jesse Pintado

Eigentlich Jesus Ernesto Pintado Andrade. Amerikanischer Gitarrist, u. a. bei Terrorizer und Napalm Death. Starb am 27. August 2006 aufgrund Leberversagens infolge starken Alkoholkonsums.

Klaus Bittermann

Im Realleben Schriftsteller und Berliner Unterweltverleger der Edition Tiamat. Tiamat wiederum ist die Urgöttin, der der gesamte babylonische Götterkosmos entsprang. Tritt in der Regel als geflügeltes Monstrum auf. In diesem Buch ist K. B. Frontmann der Death-Metal-Band Die Klaus Bittermanns, deren Sound in etwa der Gestalt des Monsters Tiamat entspricht. Die D. K. B. sind wiederum keinesfalls mit der weichgespülten Goth-Metal-Band Tiamat zu verwechseln.

Lethe

Einer der fünf Flüsse in der griechischen Unterwelt. Wer von ihrem Wasser trinkt, soll seine Erinnerung verlieren. In der heutigen Unterwelt wegen seiner berühmten Sandstrände beliebter Urlaubsort. Die besten Lethe-Strandhotels findet man in Alzheim und Blackoutburn.

Lilith

Dämonin aus der sumerischen, später jüdischen und gräko-romanischen Mythologie. Stiehlt Babys und verführt Männer ohne Ende. War angeblich Adams erste Frau, machte aber nur Ärger und sich später mit dem Todesengel Sammael aus dem Staub.

Madame Brigitte

Auch Mama Brigitte. Ist ein Geistwesen bzw. eine Göttin im haitianischen Voodoo. Liebt Rum mit Chili und ihren Mann, Baron de Samedi. Lässt sich gerne schwarze Hühner opfern.

Malstrom

Auch Mahlstrom. Im Grottilied in der Edda bekommt der sagenhafte Dänenkönig Frodi eine Mühle geschenkt, die alles herbeimahlen kann, was sich ihr Besitzer wünscht. Die Mühlsteine sind jedoch so schwer, dass sie nur von den beiden Riesinnen Fenja und Menja bedient werden können. Frodi zwingt die beiden, nahezu ohne Ruhepause für ihn zu mahlen. Dafür rächen sie sich schließlich, indem sie ein feindliches Heer unter dem Anführer Mysing herbeimahlen, das Frodi vernichtet. Mysing ist aber genauso unersättlich und verlangt von den Riesinnen, Salz zu mahlen. Die beiden tun wie befohlen, bis Mysings Schiffe unter dem Gewicht des Salzes sinken. An der Stelle des Untergangs bildete sich ein großer Strudel, an dessen Grund Fenja und Menja weiter Salz mahlen, und den man heute noch bei den Lofoten besichtigen kann.

Mayhem

Norwegische Black-Metal-Band mit seltsamen Ansichten. 1991 beging Sänger Per Ynge Ohlin (Spitzname «Dead») Selbstmord. Zwei Jahre später erstach das assoziierte Bandmitglied Varg Vikernes den Gitarristen Øystein Aarseth («Euronymous»).

Mictlan

Die Unterwelt der Azteken. Ist in neun Ebenen aufgeteilt. Nach dem Tod durchläuft man vier Jahre lang möglichst alle Ebenen, wobei man Rätsel lösen muss, die deutlich schwieriger sind als die von Frau Sibylle. Zum Glück hilft einem dabei das hundeköpfige Wesen, das einen bereits nach Mictlan geführt hat: der brave Seelenbegleiter Xolotl.

Mieszko Talarczyk

Leadsänger und Gitarrist der schwedischen Death-Metal-Band Nasum. Starb am 26. Dezember 2004 durch den Tsunami auf Phi Phi Island (Thailand) im Alter von dreißig Jahren.

Minos

Der Sohn von Europa und Zeus hat eine erstaunliche Karriere hinter sich: Erst war er König von Kreta und als solcher für das Füttern des Minotaurus zuständig. Nach seinem Tod wurde Minos neben Aiakos und Rhadamanthys Richter in der Unterwelt.

Morbid Angel

Einer der einflussreichsten Death-Metal-Bands aller Zeiten, 1983 von Trey Azagthoth in Tampa / Florida gegründet. Sie gehörte zu den ersten, die gutturales Growlen, Blast Beats und laufende Tempiwechsel in den Death Metal einführte. Frontmann Azagthoth aß auf der Bühne gerne lebende Würmer.

Napalm Death

Großartige Band. Keine Frage. Wegweisend. Apokalyptisch. Danach war nichts mehr, wie es vorher war. Eine der Pioniere des Grindcore und Death Metal. Komponierten den kürzesten Song der Welt: «You suffer», der 1,316 Sekunden lang ist. Jesse Pintado war hier Gitarrist von 1989 bis 2004.

Nasum

Schwedische Grindcore-Band, 1992 gegründet. Löste sich nach dem Tod von Mieszko Talarczyk 2004 auf.

Nekropolis

Griechisch-römisches Wort für Friedhof.

Niu Tou

In der chinesischen Mythologie sind Niu Tou (Ochsenkopf) und Ma Mian (Pferdegesicht) die beiden Unterweltwächter, die ein frisch Gestorbener als Erstes zu Gesicht bekommt.

Obituary

Einer der Pioniere des Death Metal, 1984 in Tampa, Florida gegründet. *Cause of Death* ist ihr zweites Album, das Augen-Cover wurde von Michael Whelan gemalt, einem der wichtigsten amerikanischen Science-Fiction- und Fantasy-Cover-Künstler.

Ole Aselmann

Im realen Leben ein noch nicht so ganz berühmter Berliner Untergrund- und Wanderkünstler (vormals Peking), von dem noch zu hören sein wird.

Øystein Aarseth

Genannt «Euronymous». Einer der Gründer der norwegischen Band Mayhem. Satanist und Misanthrop. Wurde im August 1993 in seinen Ansichten voll bestätigt, als ihn – er war fünfundzwanzig Jahre alt – sein Musikerkollege Varg Vikernes erstach.

Osiris

Altägyptischer Gott der Unterwelt und der Wiedergeburt. Wird in der Regel mit grüner Haut und einem Pharaonenbart dargestellt. Bruder von Isis und anderen ägyptischen Gottheiten.

Per Yngve Ohlin

Genannt «Dead». Schwedischer Sänger der norwegischen Black-Metal-Band Mayhem. Brachte sich im April 1991 im Alter von zweiundzwanzig Jahren um.

Pig Destroyer

Amerikanische Grindcore-Band, gegründet 1997. Ihr Song «Torture Fields» beginnt mit der schönen Zeile: «I ride a cockroach / Down your streets of trash.»

Possessed

Eine der ersten Death-Metal-Bands überhaupt, gegründet 1983 in der Bay Area von San Franzisco. Produzierten in dieser Zeit ein Demo-Tape, das den Titel «Death Metal» trug und nach dem dann wenig später das ganze Genre benannt wurde. Schöpfer des wegweisenden Albums *Seven Churches*, dessen letzter Song ebenfalls «Death Metal» heißt.

Sammael

Todesengel in der jüdischen Mythologie. In unserem Buch mit Lisbeth

Lilith verheiratet, mit der er die Tochter Lydia Lilith hat. Merke: In der Unterwelt behalten verheiratete weibliche Dämonen ihren Nachnamen, den auch ihre Töchter übernehmen.

Sanjiv

Mysteriöser erster Sänger der britischen Band Carcass. Verließ die Band, nachdem sie ihr erstes Demo gemacht hatte. Einige Quellen behaupten, ein gewisser Andrew Pek hätte dieses Pseudonym nach einer Indienreise gewählt, andere, Sanjiv sei indischer Abstammung und heiße mit Nachnamen Sumner.

Sepultura

Brasilianische Heavy-, Thrash- und Death-Metal-Band, 1984 in Belo Horizonte gegründet. Nach dem Abgang des Gründungsmitglieds Max Cavalera wurde der US-Amerikaner Derrick Green Leadsänger der Band.

Sheol

Nach der hebräischen Bibel die Unterwelt, in der sich die Toten aufhalten. Wird auf Griechisch mit Hades übersetzt.

Styx

In der griechischen Mythologie einer der fünf Flüsse in der Unterwelt, der diese von der Erde trennt. Bei den alten Griechen transportiert der Fährmann Charon die Gestorbenen über den Fluss. Charon war in unserer Geschichte gerade im bezahlten Urlaub, sodass Bengel mit einem herrenlosen Floß am Ufer vorliebnehmen musste. Styx ist auch eine griechische Göttin sowie eine sensationell schlechte Rockband. Wer drei ihrer Stücke anhört, bekommt garantiert Ohrentyphus.

Thanatos

Griechischer Gott und nicht ganz so beliebter Zwillingsbruder von Hypnos. Sohn von Nyx (Nacht) und Erebos (Dämmerung).

Uncanny

Auf der Erde nicht so wahnsinnig bekannte schwedische Death-Metal-Band, 1990 in Avesta gegründet. Der schöne Song «Screaming in Phobia» vom Album *Splenium For Nyktophobia* wurde auf YouTube erst 1300 Mal angeklickt.

Walpurgisnacht

Große Party, die die Hexen jedes Jahr in der Nacht vom 30. April auf den 1. Mai auf dem Blocksberg abhalten. Den sagenhaften Berg setzt man heute in der Regel mit dem Brocken im Harz gleich.

Wayne Knupp

Trieb es als Sänger von Devourment ziemlich doll und starb im Februar 2007 im Alter von einunddreißig Jahren an dem in Death-Metal-Kreisen beliebten Leiden des multiplen Organversagens.

Xolotl

Aztekischer Gott des Feuers und des Todes. Begleitet die Sonne jede Nacht bei ihrer Reise durch die Unterwelt, genauso wie gestorbene Menschen in das Jenseits. Zwillingsbruder von Quetzalcoatl, dem Gott des Windes und der Weisheit. Xolotl tritt in der Gestalt eines großen monströsen Hundes auf.

Yama

Im Hinduismus Gott des Todes. Im Buddhismus Richter der Toten. Im chinesischen Buddhismus König der Unterwelt.

Zerberus

In der griechischen Mythologie ein mehrköpfiger Hund, der den Eingang zur Unterwelt bewacht. Heutzutage arbeiten viele Zerberusse als Werkschutz bei Hades, Thanatos, Hypnos und Co, und beileibe nicht nur dort.

Zur Unzeit

Mitteilungsblättchen im Metal-Action-Himmel. Erscheint nach Lust und Laune, wie einst das legendäre «Dreck-Magazin» hienieden. Nicht zu verwechseln mit «Der Malstrom», der Unterweltzeitung mit schwindender Auflage.

Dank

Dieses Buch wäre vielleicht nie geschrieben worden, wäre es mir selbst nicht einige Zeit gesundheitlich sehr schlecht gegangen. Den Menschen, die mir dabei halfen, wieder auf die Beine zu kommen, will ich an dieser Stelle danken. Für schnelle medizinische Hilfe bin ich Ellen Foert sehr dankbar, sowie für Rat und Tat und späte Biere ihrem Bruder, dem großen Künstler Frederik Foert. Alexandra Schmidt, Ärztin in der Regionalpraxis der Deutschen Botschaft Peking, sei für ihre Diagnose gedankt, und Dr. Thomas Benter für prompte Untersuchungen. Kaum zu Ende gebracht hätte ich dieses Kinderbuch für Erwachsene, hätte mir nicht Holm Friebe seine Wohnung zur Verfügung gestellt, während ich in Deutschland weilte. Holm, gib nicht auf! Auch Karin Schwenker hat mich ohne viel Federlesen in ihrem Heim aufgenommen und mich gepflegt, als ich schwer angeschlagen aus Peking kam. Ich weiß bis heute nicht, womit ich so viel Selbstlosigkeit verdient habe. Danke.

Wichtig für dieses Buch waren auch mein alter Freund Hans Zippert, der mich als Erstleser beraten hat, sowie mein exzellenter Lektor Wilhelm Trapp, der sich, auch wenn die Strecke mal holprig war, immer voll und ganz für den Text eingesetzt hat; außerdem mein Verleger Gunnar Schmidt, dem ein erster Entwurf so gut gefallen hatte, dass er mich ermunterte, das Buch zu schreiben. Überhaupt nicht denkbar gewesen wäre «Der kleine Herr Tod» ohne die phantastischen Zeichnungen von Ulrike Haseloff, die endlich als die Ausnahmekünstlerin wahrgenommen werden sollte, die sie ist. Nicht einen Satz aber hätte ich zu Papier gebracht, wäre ich nicht auch bei diesem Buch von meiner Frau Gong Yingxin unterstützt worden. Ich danke meiner chinesischen und meiner deutschen Familie für Zusammenhalt und Güte. Ich kann mir keine besseren Menschen als euch ausdenken. «Die Liebe höret nimmer auf, so doch die Weissagungen aufhören werden und die Sprachen aufhören werden und die Erkenntnis aufhören wird. Denn unser Wissen ist Stückwerk, und unser Weissagen ist Stückwerk.»

© Jo Zarth

© Hans Praefke

CHRISTIAN Y. SCHMIDT, geboren 1956, lebt als Schriftsteller in Berlin und Peking, daneben ist er Senior Consultant der Zentralen Intelligenz Agentur. Zuletzt erschien sein Roman «Der letzte Huelsenbeck», über den die FAZ meinte: «Ein Glanzstück.»

ULRIKE HASELOFF, aufgewachsen auf Usedom, studierte nach einer Ausbildung zur Korbmacherin an der Fachhochschule für angewandte Kunst Heiligendamm, später an der Kunsthochschule Berlin-Weißensee. Sie arbeitet als Illustratorin und Graphikdesignerin und lebt in Berlin.